Minha vida é um blog aberto

Minha vida é um blog aberto

Elika Takimoto

Ilustrações Daniel Araújo

1ª edição

Conforme a nova ortografia

Editora Saraiva

Gerente editorial executivo: Rogério Carlos Gastaldo de Oliveira
Editor: Richard Sanches
Coordenação editorial: Todotipo Editorial
Preparação de texto: Cláudia Cantarin
Assistentes editoriais: Andréa Der Bedrosian e Flávia Zambon
Auxiliares editoriais: Gabriela Damico e Patrícia Pellison
Produtor editorial: Elcyr Oliveira
Suplemento de atividades: Fabiana Camargo Pellegrini
Revisão: Isadora Prospero e Luicy Caetano
Produtora gráfica: Liliane Cristina Gomes
Projeto gráfico: Patrícia Pellison
Impressão e acabamento: Gráfica Eskenazi

Dados Internacionais de Catalogação na Publicação (CIP)

T142
1. ed.

Takimoto, Elika
Minha vida é um blog aberto / Elika Takimoto; ilustrado por Daniel Araújo. 1.ed. – São Paulo: Saraiva, 2015.
112 p.; il.;

ISBN 978-85-02-63477-0

1. Literatura infantil. I. Araújo, Daniel. II. Título.

CDD 028.5

Índice para catálogo sistemático
1. Literatura infantil 028.5

6ª tiragem, 2021

Editora Saraiva

Av. das Nações Unidas, 7.221 – 2º andar – Pinheiros
CEP 05425-902 – São Paulo – SP

SAC 0800-0117875
De 2ª a 6ª, das 8h às 18h
www.editorasaraiva.com.br/contato

203104.001.002

Dedico este livro a todos que protagonizaram ou que de alguma forma participaram das histórias aqui contadas: aos meus pais, aos meus filhos, aos meus irmãos e ao Nelson; às amigas Kátia, Lúcia, Aninha e Manoela; aos amigos Ricardo Cardoso, Anderson, Eric e Mazinho e ao casal-exemplo Seu Cassiano e Dona Terezinha. Gostaria de dedicá-lo também ao meu amigo-poeta Paulo Andel, que me deu coragem para que eu me aventurasse nesse maravilhoso mundo da escrita, e à amiga Ariete, que acredita que sonhos se realizam e quem me avisou do concurso promovido pela Saraiva.

SUMÁRIO

O sagrado e o profano

A mãe ouviu ao fundo o pai gritando com o menino, coisa rara naquela casa, pois o menino, que acabara de completar seis aninhos, era muito bonzinho e obediente e cuidava com carinho de todos os bichinhos da casa, que consistiam em sete peixes, dois *hamsters* e um cachorrinho. Querendo saber o que estava acontecendo, a mãe deixou o resto da louça suja na pia e dirigiu-se ao cômodo da casa onde estavam o pai e o filho: o primeiro falava de forma exaltada e com voz embargada; o segundo, de cabeça baixa, aparentemente muito envergonhado.

– Você por acaso… você… por acaso… se eu ficasse doente, trocaria de pai? De onde você tirou essa ideia? Com quem você tem andado, meu filho? Eu não esperava ouvir isso de você... com toda a educação que damos a você! Isso não é papel de homem, meu filho! Quer me matar de desgosto falando uma coisa dessas? Você já viu o seu pai fazendo esse tipo de coisa por aí?

A mãe, ainda desconhecendo o motivo daquele emocionado discurso e sabendo que o pai jamais levantara a voz para a criança daquela forma, como boa cúmplice, virou o rosto tenso para o filho e condenou com o olhar aquele ato indecoroso. Balançava a cabeça e olhava o pai indignado. Com a mão direita espalmada sobre o peito esquerdo e com cara de choro, a mãe sentia a dor do pai como se fosse sua.

– Vai beber uma água, Nelson. Se acalma, meu amor. Deixa que eu converso com ele, tá? O Kinho não vai fazer isso de novo, né, Kinho?

Alterou o semblante no mesmo instante em que olhou para o filho. O menino sabia que a mãe era braba e curvou-se ainda mais de tanto medo e vergonha.

Nelson saiu do quarto vociferando pela casa.

– Onde erramos com ele? Que horror! Que horror! Isso não existe!

A mãe mal se aproximara do menino quando ele começou a falar baixinho e chorando:

– Mãe, desculpa, eu disse pro papai que se ele mudasse eu ia com ele, eu nunca vou deixar o papai sozinho. Eu só quero ver o papai feliz… Descuuuulpa, mãezinha – soluçava o menino, arrependido. – Eu falei, mãezinha, que eu ia com ele… Eu não quero mais ver o papai sofrer, mãe. Eu pensei que ele ia ficar mais feliz se a gente mudasse! Me desculpa, mãezinha…

– Hã? Mudar pra onde, Jesus? – perguntou a mãe sem entender patavinas.

– Pro Fluminense, mãe. O Flamengo só perde… Me desculpa, mãe, me desculpa…

O menino aprendeu uma grande lição: não se mexe com o que as pessoas consideram sagrado, e um homem não torce por um time; ele o consagra e o confunde com a consciência que tem de si mesmo.

– Hã?

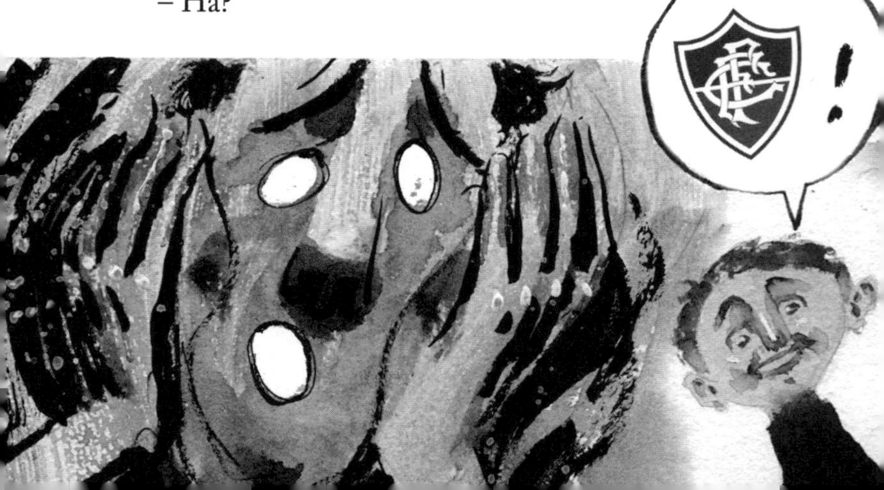

Caminho de Ogum e Iansã

Neste ano, Nara, minha filhinha de quinze anos, passou a estudar em pleno bairro do Maracanã. Moramos no subúrbio carioca, num bairro que é sorriso, é paz e prazer, o seu nome é doce dizer: Madureeeeira, lá, laiá. Isso significa que Nara agora anda de trem e de ônibus todo santo dia (com exceção do Dia de São Jorge, que é feriado no Rio) e recebe calor humano às seis da manhã de pessoas que nem conhece.

Nos primeiros dias, nós a acompanhamos e conversamos sobre cada detalhe. Nossa bonequinha fofa nunca havia andado de ônibus sozinha e, de repente, não mais que de repente, precisou fazer esse trajeto sem ter ninguém ao seu lado para defendê-la de qualquer perigo iminente. Isso foi tenso para nós (digo, os pais). Mas, antes mesmo do que a nossa vã filosofia pudesse imaginar, lá estava Nara completamente independente, livre e solta (ainda que um tanto espremida), indo e vindo do subúrbio ao centro, do centro ao subúrbio. Narinha aprendeu novas palavras e agora fala "treissincotrês", "meioitocinco", "treizoitotrês", "ramal saracuruna", "belforroxo" e "diodoro" com uma desenvoltura de dar gosto. De todo modo, é sempre motivo de preocupação ter uma filha linda andando pelo mundo. Ainda mais de trem e ônibus. Fala sério... O que nos acalma é saber que ela segue tooooodas as nossas orientações direitinho.

Ontem, por exemplo, Nara dormiu na condução e, quando acordou, percebeu que estava em um lugar "jamais visto antes". Daí que os adolescentes de hoje são megaespertos e, diante de qualquer problema, têm a solução na palma da mão.

– Alô, mãe! Mãe! Tipo. Eu tô perdida! Nunca vi isso aqui antes na minha vida! Mãe?

– ONDE CÊ TÁ, NARA? NARA! Onde você tá??? – pergunto com a tensão que meu posto de mãe me confere.

– No ônibus, mãe! – Nara responde como se eu tivesse feito uma pergunta idiota.

– ONDE CÊ TÁ, NARA? NARA! EM QUE LUGAR DO RIO? QUE BAIRRO? – Procuro assumir o controle da situação.

– Mãe? Mãe! Você não me ouviu dizer que estou perdida? Eu não sei onde tô! Não faço a menor ideia! – responde rindo calmamente a minha filha e, pelo seu tom de voz em si menor, eu sabia que ela tinha certeza de que eu conseguiria facilmente adivinhar.

– PERGUNTA PRO TROCADOR!!! – oriento. Procuro lhe passar calma e segurança. Respira, Elika, respira!

– Mãe! – Nara ri. – Mãe! O meioitocinco não tem trocador! – Nara ri de novo.

– Nara! Tem motorista? – pergunto didaticamente após sentir que terei que ir com bastante calma.

– Tem! Tem sim! – Nara responde, feliz.

– Legal. Pergunta pra ele onde você está – disse baixinho – sem que os outros percebam que você está...

– MOTORISTA! MOTORISTAAAAA! ONDE A GENTE TÁ? – gritou Nara, pelo visto para o motorista de outro ônibus.

– *Omomumumumumdadadadidisifufot gugugutoitoibububu irajá.*

Ouvi o motorista falando baixinho, como se estivesse do outro lado da montanha. Estremeci quando entendi a última palavra.

– Mãe! – Nara ri. – A gente tá indo pro Irajá! Onde fica Irajá?

– Nara! – Cacildis... Eu não conheço nada do Irajá... – Nara!

Eu queria ligar para a minha mãe para pedir ajuda, mas estava com Nara ao telefone... Megatenso.

– O que você está vendo na rua? Você já chegou no Irajá??? Me fala o que você está vendo!

– Mer-ca-dão-de-ma-du-re...

– DESCE AGORA!

Nara estava em frente ao Mercadão de Madureira, ponto turístico da nossa cidade, e, apesar de morar ali pertinho há trocentos anos, ela não fazia ideia de onde estava... Ai, meu Deus... Muito filhinha de mamãe a minha filhinha linda...

– MOTORISTA! EU VOU DESCER! Abre aqui, por favor, motorista! Valeu, motorista!... Mãe! E agora?

A gente mora do lado de cá, ou seja, bastava ela subir e descer o viaduto, e logo ela reconheceria a fauna e a flora locais.

– Está vendo um viaduto? – falei enquanto abria o Gúgol Mépis.

– Não.

– Anda mais um pouco.

– Agora tô!

– Então, é só subir e descer. Vou desligar porque pode ser perigoso você andar e falar no celular, tá? Prestenção, e é só subir e descer!

Ufa.

Desligamos o telefone.

Cinco minutos e Nara liga de novo.

– Alô, mãe! Mãe! Eu tô em frente ao Império Serrano! – Nara riu.

Nara tinha descido antes do que deveria. Era para ter seguido por tooooodo o viaduto e ela desceu no meio do caminho! Agora ela estava em pleno coração de um dos grandes centros comerciais do mundo. O maior furdunço do universo! Já estava escurecendo. Eu tinha que ser ligeira.

– Nara, sai daí, *keep walking*! – orientei, decidida.

– Mas vou pra onde?

– Vai se distanciando de onde você veio.

– Ai, mãe, tô vendo a Belíssima! Nossa! Uma blusa por quatro e noventa e nove? Mãe! Uma blusa por quatro e noventa e nove! E não é feia não, hein?

– Isso. Vai! Anda!

De novo abri o Gúgol Mépis.

– Você está vendo a Sapatella? – perguntei.

– Sapatella, Sapatella... Tô! Ali!

– Então, vai nessa direção. Quando chegar lá me avisa para eu te orientar.

– Cheguei! E agora?

– Tem bota?

– Tem! Ai, mãe! Lin-da!

– Vê o preço.

– Trezentos e...

– Ok. Se concentra, filha! Se concentra! Está vendo a Chiffon?

– Tô. Ali em frente!

– Então, vai andando até ela.

– Ai, que legal! Quanta coisa legal, mãe! E tudo barato! Amanhã você vem comigo aqui? Cheguei na Chiffon.

– Olha a vitrine.

– Mãe! A Chiffon está com a vitrine ótima! Você ia a-mar aquela blusa! Nossa! Quanta coisa legal! – Nara ria de felicidade.

– Ok. Se concentra, filha! Se concentra! Na mesma calçada...você está vendo a Sonho dos Pés?

– Tô.

– Segue nessa direção.

– Ai, mãe, que legal isso aqui! Sonho dos Pés! Cheguei.

– Tem bota?

– Hmmm, xovêêê... Tem!

Assim eu fui orientando a minha filha sem-noção-megaesperta-alto-astral a sair de forma bem confortável, segura e útil do centrão de Madureeeeeiraaaa, lá, laiá. Enquanto eu falava e fazia ela olhar para tudo à sua volta, também corria com o celular ao seu encontro. Já havia escurecido e o caminho de Ogum e Iansã é sinistraço.

Assim que Nara me viu, sorriu mostrando todo o aparelho cheio de elásticos. Voltamos conversando sobre a dentista e a aula de canto e piano que ela tivera no meio da tarde. Nem sentimos necessidade de falar do fato de ela ter se perdido. Estranho... Algo saiu tão diferente do planejado e, ainda assim, pareceu tão certo...

Pre$ente

Estamos nos aproximando do Natal. Muito embora a televisão não me tenha como espectadora, percebo, por outros meios, que há sempre uma forte associação entre a data, teoricamente ligada ao calendário religioso, e o comércio. As primeiras páginas na internet e nos jornais nos bombardeiam com anúncios que se metem na frente das notícias, praticamente nos obrigando a comprar qualquer coisa. Também há os *shoppings* lotados de pessoas penduradas de bolsas, que parecem mostrar certa proporcionalidade do volume nelas transportado com a alegria que sentirão na noite de Natal.

Todo esse meu desconforto passaria em silêncio, como já passou por vários anos, mas não pude ficar calada dessa vez porque minha filha de onze anos veio me pedir um presente. Ainda por cima, um bem caro, pois, como ela mesmo disse, não era um presente qualquer: era um presente de Natal! Ela quer um PSP. Na hora eu pensei que fosse algum partido político, mas depois descobri que é um *video game* portátil de mil reais mais ou menos. Eu poderia até dar o que Nara havia me pedido, mas não mais como presente, pois este não se pede. Foi exatamente isso o que eu disse, e ela, obviamente, não entendeu. Então, contei-lhe uma história.

Pouco tempo atrás eu vi umas bananadas pretinhas e grossas à venda em uma padaria. Comprei uma e, antes mesmo de sair do estabelecimento, abri e comi. Ao descer pela garganta, aquele doce trouxe para dentro de

mim, além de calorias, uma lembrança com a mesma quantidade de açúcar. Fez meus olhos brilharem com mais intensidade por causa das lágrimas muito timidamente produzidas. Quem, ou melhor, por que um adulto choraria numa padaria ao morder uma bananada? Contive-me e acabei fazendo pior do que chorar: ri, com os dentes ainda pretos, para quem me vendeu o doce e pedi todas as outras bananadas que estavam no balcão.

Cheguei em casa, coloquei aquele monte de bananada numa caixa de sapato e embrulhei com um papel de presente bem bonito. Abusei da fita adesiva e das fitas vermelhas – já deu pra perceber que eu ia presentear alguém. O desembrulhar de um presente é um momento solene e eu queria que durasse um pouco mais do que o normal... exatamente para eu ter mais tempo de observar o rosto assustado da pessoa que o receberia.

Manuela, que morava na casa ao lado da casa de meus pais, a madrinha de todas as minhas bonecas, foi minha melhor amiga na infância. Tínhamos a mesma idade, íamos juntas para a escola cantando as músicas do Balão Mágico e voltávamos juntas – porém, fazíamos o dever de casa separadas porque mamãe dizia que aprender era um ato solitário. Mas depois era só pular o muro e pronto! Juntas de novo! Fizemos, veja você, o catecismo e a primeira comunhão juntas! Contamos tudo uma para a outra, até o que dissemos e não dissemos para o padre na hora da nossa primeira confissão. Manuela, que falou mais do que devia, teve a primeira penitência muito maior do que a minha. Quando eu estava no "Amém", terminando a minha dúzia de pais-nossos, Manuela se ajoelhou ao meu lado com aquele número assustador: trinta pais-nossos e vinte ave-marias. "Você contou aquele sonho? Ai,

Manu, como tu é burra! Deixa que eu rezo as ave-marias pra você." Dentre as muitas coisas prazerosas que a infância nos proporcionou, uma delas era a nossa ida semanal a um botequim perto de casa que vendia umas bananadas que eram o manjar dos deuses. Comprávamos o doce preto embrulhado no plástico e corríamos para nossa cabana para comê-lo bem devagar. Nem sei quantas vezes fizemos isso juntas.

A infância havia passado e a adolescência também. Manuela estava morando sozinha num apartamento aqui perto. Bati na porta. Ela ficou surpresa ao me ver e ainda mais assustada quando, sem falar nada, estiquei os braços entregando-lhe o presente. A ingenuidade havia passado com os anos. A desconfiança, marca dos sobreviventes, ganhava espaço no olhar. Sorri.

– Abra, sua boba!

Ainda na porta, cada uma de um lado, marcando o limite daquele lar solitário, Manuela começou a desembrulhar a caixa de sapatos. Parou um momento com medo de continuar. Estava na cara que era uma brincadeira e ela não estava segura de que ia se divertir com aquilo.

– Abra, Manu! Olha, se você não gostar, pode me devolver, tá bom?

Manuela demorou a acreditar quando viu o conteúdo. Ficou estática olhando para dentro da caixa um tempão, com seus olhos azuis completamente lubrificados de emoção.

– Elika, foi o melhor presente que ganhei na minha vida!

Aquelas bananadas, que não me custaram cinco reais, mostraram como Manuela estava presente dentro de mim.

E deve ser por isso que presente se chama presente. Para mostrar que não nos esquecemos da pessoa. Ele é uma comunicação simbólica em que estão expressos nossos sentimentos mais pessoais. O valor não está ligado a um número que vem precedido de um cifrão.

– Tá bom, mãe, entendi. Mas, por favor, não espere que eu fique feliz com bananadas no Natal.

Um a zero para a televisão.

Sinal verde

Estava tirando o carro para levar minha filha Nara, de doze anos, à escola. Enquanto ela fechava o portão da garagem, eu, de dentro do takimóvel, o carro oficial da família Takimoto, fiquei olhando a rua para verificar se havia algum perigo iminente. Aqui em Madureira é assim, temos que ficar sempre espertos senão o moço leva nosso carro sem nem pedir direito.

Foi nesse momento que vi a Nádia, amiga de infância da Tatiana, a minha irmã mais velha. Da mesma forma que eu, Nádia manteve o CEP desde que nasceu. Ela sempre foi gordinha. Desde criança. Foi uma adolescente que lutou para diminuir a força da gravidade; às vezes emagrecia, mas passava um tempo e lá estava ela ocupando bastante espaço de novo. Crescemos. Eu pouco, é verdade, e Nádia bastante, para cima e para os lados. O máximo que fazemos é nos cumprimentar quando cruzamos uma com a outra. Nunca tive intimidade com ela para ir além disso.

Pois bem, hoje a vi levando suas filhas gêmeas de três anos à escola acompanhada do marido, que carregava duas mochilas cor-de-rosa. E pensei: caramba... Nádia nunca emagreceu mesmo; pensando bem, se fosse magra, ela não seria a Nádia. Ou seria? Que legal duas filhas iguaizinhas já pensou se Yuki tem um irmão gêmeo a Tata não mudou nada vou perguntar a ela se está gostando da escola para eu matricular Yuki ano que vem nunca tive intimidade com ela mas que legal duas mochilas cor-de-rosa o marido tem uma cara boa a família está bonita... (As vírgulas são desnecessárias porque nem tive tempo de respirar nessa fração de segundo que Nara levou para fechar o portão.)

Quando Nara entrou no carro e me viu olhando alguma coisa perguntou:

- O que você tá olhando, mãe?

- A Nádia, amiga da tia Tata, que sempre foi gorda e está levando as filhas gêmeas para a escola com o marido.

Engatei a primeira e lá fomos nós!

- Que horror, mãe... Por que ela sempre foi gorda?

- Não faço a menor ideia.

- Por que ela teve gêmeas? Qual o problema de ser gorda?

- Nenhum.

- Mas você não tá aí olhando?

- Estava. Até que você entrou no carro e quis entrar na minha cabeça.

- Puxa, mãe, que horror!

- ???

- Ela só colocou casaco em uma filha!

- Vai ver que a outra não quis colocar, Nara.

- Cruzes, mãe, você virou pra mim e disse: "Olha lá, Nara, a amiga da tia Tata que é gorda mas feliz!".

- Eu disse isso? Eu nem disse pra você olhar nada. Você entrou no carro e me perguntou assim – falei afinando a voz e debochando do jeitinho dela: – "Mãe, o que você tá olhando?", e eu respondi o que estava olhando!

- Mas precisava???

- Precisava de quê, Nara?

- Nem precisava dizer nada. Você disse: "Nara, a amiga da tia Tata sempre foi gorda mas teve gêmeas".

– Mas? Eu não disse *mas*! Eu disse que a amiga da tia Tata sempre foi gorda e que estava levando as filhas para a escola.

– Mas por que você faria essas duas observações? Que ela sempre foi gorda e tem duas filhas?

– Porque era pra isso que eu estava olhando.

– Isso foi um insulto pra mim, mãe! Um in-sul-to!

– ???

– Você quer me dizer – Nara engrossou a voz e levantou o dedo indicador – "Viu, Nara? Você pode continuar assim e ainda ser feliz!".

– Assim como?

– Gorda, eu estou gorda, mãe, você sabe disso, o papai falou!

– Nara, vai fazer terapia!

– Mãe, confessa, mãe. Você acha que ela é feliz só porque tem filhas gêmeas e nem acreditava que isso fosse possível, e agora está feliz porque viu que eu posso ser feliz do jeito que eu sou. É por isso que tá rindo agora.

– Nara, eu nem pensei em você quando olhei pra Nádia! E estou rindo dos seus devaneios.

– Que horror, mãe!

– Nem posso olhar pra Nádia com as duas filhas em paz...

– Mas você só ficou olhando porque ela é gordinha.

– Não, fiquei olhando porque ela estava andando na rua e pensei "Olha a Nádia, amiga da tia Tata que sempre foi gorda e está levando as filhas gêmeas para a escola com o marido!". Simples assim: sem quê nem por quê.

– Você não ia pensar "amiga da tia Tata".

– Nara, isso que dá querer entrar na cabeça dos outros. A gente nem sabe por que pensa isso ou aquilo...

- Mas por que você olhou fixo, mãe? Eu te conheço...

- Olhei fixo?

- É, mãe...

Chegamos, enfim, graças a Deus, à escola. Observei a Nara atravessando de forma atrapalhada a Intendente Magalhães e pensei: "Caramba... a Nara atravessa a Intendente toda atrapalhada ela é ainda muito pequenininha nem sabe atravessar a rua Nara vai ficar maluca se continuar assim ligada em tudo o que está perto dela será que o Yuki já almoçou ainda tenho que fazer a unha e acabar de ler livro do Gusdorf o que será que vai acontecer no *Prison Break* vou matar o Nelson por ter falado que a Nara está gorda...". E, pensando pensando pensando, rapidinho já estava de volta. Ao apontar o carro para a minha garagem, vi a Nádia voltando de mãos dadas com o marido.

Nádia, hein... Quem diria!

Treinando em plena Quinta

Não sou muito dada a pensar antes de fazer alguma coisa. Querer, para mim, não é poder. Querer é fazer. Nada nunca foi planejado na minha vida, nenhum dos meus três filhos, nem o casamento, nem a faculdade, nem a minha carreira acadêmica, nem morar ao lado dos meus pais até hoje, nem ser uma funcionária pública e, indo ao foco do que me trouxe hoje aqui, muito menos participar de uma corrida.

Mais ou menos um mês atrás resolvi deixar de ser sedentária. Acordei numa quarta-feira e me dei conta de que estava totalmente inativa. Aquilo, não sei por quê, me incomodou, então me inscrevi no Circuito das Estações, "o maior circuito de corridas de rua do Brasil, que é inspirado nas quatro estações do ano". Maneraço. Eu teria um mês para me preparar, ou seja, correr cinco quilômetros – vale lembrar que fazia uns dez anos que eu não andava nem meio. Era a motivação de que eu precisava. O primeiro grande passo rumo à minha triunfal saída da inércia havia sido dado.

Se ainda faltava mais algum incentivo, ele viria dos meus amigos e, claro, do meu paizão. Ao anunciar aos sete ventos, pelas redes sociais, e-mails, *messengers*, telefone, que começaria o treinamento na segunda-feira, imediatamente recebi apoio para dar cabo do desafio. Os que me conhecem muito bem duvidaram que eu seria capaz e, preocupados com a possibilidade de eu ter um treco ou pagar um mico danado, questionaram a minha inscrição no circuito de corrida de ruas. Meu pai nem sequer me deu o benefício da dúvida. Ele foi publicamente taxativo em um comentário na minha postagem na rede:

"Esquece isso porque você não vai conseguir."

"Mas, pai, a minha irmã consegue!"

"Sua irmã consegue. Você não."

Adorei. Meu pai sempre foi a pessoa que me deu a maior força para eu seguir não meus sonhos, porque não tenho nenhum, mas meus impulsos. E dessa vez não foi diferente. Um dos maiores prazeres da vida consiste em fazer aquilo que os outros dizem que você não é capaz de fazer. Belezura.

Eu me senti estranhamente bem ao vestir a roupa de corrida e calçar os tênis. Tudo de primeiríssima qualidade, com as notas da compra devidamente coladas no espelho caso alguma indisposição para treinar pintasse no pedaço. E foi dada a largada!

Estou na minha terceira semana de treinamento e hoje resolvi fazê-lo na Quinta da Boa Vista. Saí do carro com postura de atleta: boné, rabo de cavalo, óculos de sol megaesportivos A135 Evil Eye Explorer, *shorts* Split Hidrogen 008, camiseta Soft Light e supertênis Zoom Marathoner. Peguei o celular, coloquei-o no *armband bracelet* e liguei o aplicativo que marca velocidade, tempo, distância, número de passos por minuto, batimento cardíaco, respiração, enzimas pancreáticas, traça gráficos, faz pudim e ainda mostra toda a nossa façanha para os amigos conectados! Lembrei do preço de toda aquela marra que estava colocando e, a passos largos (exatamente oito por minuto), comecei a me distanciar da preguiça.

Mal começo e vejo uma senhora "correndo". Vinha se arrastando, a coitada. Com a boca aberta. Será que ela acha que está correndo daquele jeito? Senti pena. Eu não. Inspiro o ar pelo nariz e solto pela boca, fazendo barulhinho de atleta. Contraio o abdome e mando ver! Se vejo alguém na minha frente, dou um jeito de ultrapassar. Brinco mentalmente que estamos apostando corrida. Vejam que divertido: peguei-me sem querer correndo com os braços erguidos assim que ultrapassei um gordinho. Lá pelas tantas, depois de muuuuito tempo correndo, tipo uns dez minutos (talvez um pouco menos), ouço uma criança conversando com o pai ao me ultrapassar naquelas bicicletas que parecem o carro dos Flintstones. Pai, ela tá andando ou tá correndo? Ah é? Ah é? Disparei na velocidade da luz e, como é sabido que o som se propaga mais devagar, não consegui ouvir sequer a resposta do pai que, acho, foi até desnecessária depois da minha grande *performance*. Se eu não chegar naquele poste, a minha mãe vai morrer. Se eu não passar por aquela ponte, não vou conseguir terminar o doutorado. Se eu não ultrapassar aquele cachorro antes daquele banco, o Yuki vai ficar doente. Pessoas maduras e experientes sabem vencer. É com pensamentos assim que me automotivo ao longo do treino. Sempre funciona.

Na sequência vêm, é claro, os alongamentos. Atleta que é atleta sabe a importância de um bom alongamento depois de uma corrida megapuxada de dois quilômetros em trinta minutos. No portão da Quinta, vários esportistas, como eu, se esticam. Alonguei bem os tríceps surais – cof cof, para os leigos, as batatas da perna –, os tibiais anteriores – a parte da frente da canela, ok? – e os quadrúpedes – para os metidos e inteligentes, os quadríceps – e resolvi também alongar a parte interna da coxa. Esse talvez tenha sido o grande erro do dia.

Com os pés em paralelo, fui lentamente afastando um do outro. Distanciei-os o máximo que consegui e fiquei completamente arreganhada, com uns três palmos entre mim e o chão. Digo, três palmos de distância. Contei umas dez respirações olhando, com expressão séria, o horizonte. Hora de fechar as pernas. E quem disse que eu conseguia? Olhei para trás e o muro não estava ao meu alcance. As pernas simplesmente não tinham mais força para obedecer a nenhum comando. Pedir ajuda naquelas condições seria humilhante. Resolvi jogar o corpo para a frente contando com os braços para amortecer o impacto.

Tum! Os braços falharam e beijei o asfalto. Alguns atletas olharam. Sabiamente coloquei as mãos embaixo do queixo e permaneci séria, olhando o horizonte, tal como fazem os praticantes de sei lá o quê, acho que ioga. "Lá no Japão fazem ioga assim depois de longas corridas, sabia não?", falei em pensamento para aqueles que continuaram me olhando como se não tivessem mais músculos para alongar. Um se aproximava para me ajudar. Não! Que vergonha! Não podia deixar aquilo acontecer! Comecei a puxar os pés por detrás das costas e, com o corpo colado no asfalto, continuei praticando uma ioga jamais vista por nenhum ser neste planeta. Sempre séria para não dar bandeira. Funcionou. O homem sem noção da titica que ia fazer parou e continuou me olhando. Tentei me lembrar do que havia lido séculos atrás sobre os ensinamentos dos Sábios do Himalaia. Sei que havia algo sobre adorar o Deus Sol - daí a sequência de flexões e extensões que o pessoal da ioga faz. Com isso em mente, ergui os braços para o céu pedindo a Deus que a minha camiseta lindéééésima Soft Light rosa-claro não ficasse preta. Fiquei um tempo assim. Mantendo a cabeça voltada para as nuvens, olhei para baixo disfarçadamente para ver se podia sair correndo até o carro. Qual o quê! Mais gente me olhava. Fala sério! Desci os braços fazendo um movimento bem suave e, sem saber o que era chacra, pingala, nataraja, hasana, fiz a "postura da cobra", que consiste em, ainda deitada, ficar com as palmas da mão no chão e os braços esticados, deixando a coluna em uma curva hiper-desconfortável e dolorida.

Com o foco aparentemente longe, perguntava-me se ninguém tinha mais nada o que fazer por ali do que ficar olhando uma louca ralando o barrigão no asfalto. Como me levantar mantendo a dignidade? Lembrei do Karatê

Kid e, sem saber direito o que fazer mas com movimentos bem suaves, que pareciam coisa de tai-chi-chuan, me pus de joelhos. Agradeci a Meca, colando a testa no chão. Repeti esse movimento lentamente três vezes tentando ver o estado da minha camiseta quando o corpo se curvava. Quando a coluna estava reta e o corpo ereto, me dei conta de que era cada vez mais observada. E agora? Fiz vagarosamente o Unagui: um movimento com os dedos indicador e médio que qualquer fã de *Friends* conhece. Levantei. Fiz quatro vezes o gingado de capoeira bem desapressadamente, não me pergunte o porquê, e sem olhar para trás fui até o carro.

É isso. Apesar de todos esses movimentos corpóreos índio-baiano-orientais, estou feliz e confiante de que meu pai vai tirar uma foto minha cruzando a linha de chegada. O mais difícil é começar. E, ainda que complete os cinco quilômetros em três horas quando for à vera, para mim, cada treino já é uma grande vitória: venço a mim mesma. Porque metade de mim é a lembrança do que fui, e a outra metade, sinceramente, eu não sei.

Carrossel

Sou professora há mais de dez anos, na verdade quase vinte, mas isso pouco importa. Na verdade importa, mas não quero falar sobre isso. Já tenho ex-alunas que são mães, ex-alunos carecas, casados e até separados. Tenho ex-aluno nas universidades e nos *shoppings*. Ex-aluno artista, ex-aluno dentista. Tenho ex-aluno na França, na Alemanha e ex-aluno que não sei onde está. E é claro que não lembro o nome de todos eles (fato que entristece menos a eles do que a mim).

Mas nem só de ex-alunos é repleto o meu passado. Andei em academias de ginástica toda a minha vida, na verdade de cinco em cinco anos, o que também pouco importa. O que importa é que fiz amizades inesquecíveis. Fiz faculdade e conheci um tanto de gente assim lá, fiz mestrado e conheci outro tantão de gente megainteligente, fiz curso de italiano, viajei pras Európis a trabalho com colegas de profissão e fiz três filhos. De todas as pessoas que couberam neste parágrafo e com as quais realizei altas trocas, eu sei o nome de mais ou menos cinco!

Isso posto, o fato do dia: enquanto a minha vez não chegava na fila da pipoca em pleno calçadão de Copacabana, uma moça sorriu para mim. Eu, megafofa que sou, sorri para ela. Daí, a dona do sorriso veio com o próprio escancarado na minha direção.

– Elika!!! Há quanto tempo!!! – exclamou com vontade a moça que me conhecia.

De onde, *meodeos*? Quem é você, *jesuis*? Pensa, Elika, pensa rápido. Abraça essa menina que está com os braços abertos te esperando!

- Ô, põe tempo nisso, amiga!

Que amiga mané amiga?! Por que falei assim? Por que essa louca está me esmagando?

- Como é que você tá, linda? E sua mãe... tá bem?

Caramba... a menina sorridente conhecia a minha mãe...

- Estou ótima... Mamãe também... – respondi, fechando um pouco as pálpebras e olhando bem na alma da fulana para ver se conseguia captar alguma coisa.

- E aí, Elika! Tem ido lá ainda?

Lá onde, senhor? Escola, academia, curso, samba da Ouvidor, Berinjela... lá onde? Tantos lás por onde andei, meu pai! O que responder agora?

- Não. Nunca mais fui lá... – respondi maldizendo a minha memória.

- O quêêêê? Vocêêêê nuuunca mais foi lá??? Não acredito, Elika! Sério??? Não acredito!!! Por quê??? Jura??? – perguntou a menina, fazendo-me sentir péssima por nunca mais ter voltado lá.

Se lá era tão legal para mim, por que eu deixei de ir? Como a vida dá voltas... Às vezes a gente é empurrada para um caminho que nem sonhava em seguir. Daí você deixa de ir a um lugar bom que te faz bem, por quê? Porque a vida é um feroz carrossel! Bem que o Chico havia me avisado... Fiquei triste e tive segundos de reflexão sobre o que ando fazendo com a minha breve existência neste planeta... O que dizer das canções que hoje não ouço mais, das academias que não frequento mais, dos cursos que abandonei, das ondas que não surfei, das léguas que não corri, dos sonhos de que desisti, dos mistérios que parei de sondar...

– Juro – respondi envergonhada.

– Fala sério, Elika! Nunca pensei que você seria capaz disso! Depois de tudo aquilo que você falava! De como você se sentia quando saía de lá! A não ser que estivesse mentindo pra gente!

– Não! Eu? Jamais menti pra vocês! – disse com toda a sinceridade.

– Você se lembra do que falou pra eu fazer com o Carlos Augusto? Você é gênia, Elika! Estava louca pra te contar! Elikaaaa, nem te conto! – falou a menina fazendo barbeiragem no português.

Gente, quem foi Carlos Augusto na vida dessa mulher?! Só pode ter sido um namorado... O que eu disse para ela fazer???

– Ele morreu, você sabia? E eu fui a última a falar com ele – ela me disse sorrindo.

Quase desmaiei. Ela matou o Carlos Augusto e fui eu a mandante do crime!

– Você matou o Carlos Augusto? – perguntei baixinho, puxando a menina pelo braço e saindo da fila da pipoca bem quando era a minha vez.

– Elika, você bebeu? Por que eu mataria meu sogro? Você não lembra que ele estava no hospital e eu não falava com ele fazia três anos? Fui lá, como você falou, pedi desculpas, disse que não guardava nenhuma mágoa dele, que ele sempre foi um pai maravilhoso...

Ai, como sou fofa... Meus olhinhos se encheram de água ouvindo a história da...

– ... e daí ele me disse: "Janete, me perdoa, minha nora querida?". Eu disse que sim e ele mo-rréu.

Janete Janete Janete Janete... Janete!!! A manicure do salãozinho de beleza lá do Valqueire, que eu frequentava quando trabalhava no Colégio Pentágono! Janete!

– Janete! Que saudades!

– Pois é, Elika! Como vai o Nelson, o Hideo e a Nara?

Ela era do tempo em que o Yuki não era nem pensamento! Ah, Janete...

– Eu tive mais um, Janete! Olha aqui a foto dele!

Ela estava trabalhando em um salão lá em Copa e terminara o seu turno justo quando eu havia acabado de resolver uma pendência e vi o pipoqueiro. Dei carona para a Janete porque, assim como eu, ela é subúrbia. Pegamos duas horas de engarrafamento que nem sentimos, pois não foram suficientes para pôr as fofocas em dia!

Quando a Janete saiu do carro, fiquei pensando em tudo o que aconteceu e como posso definir o que ela é para mim. Já ouvi tantas definições de amizade e em nenhuma delas Janete se enquadra. Engraçado... A amizade é algo tão complexo que sua essência jamais caberá numa frase. Querer explicá-la, justificá-la, julgá-la e moldá-la gera perdas de alguma espécie. Essa crônica, portanto, foi apenas uma tentativa de mostrar que a importância de uma pessoa não se mede com fita métrica, nem com dinamômetros, nem com palavras, nem com gestos! Acredito, depois de hoje, que uma boa medida da importância de uma pessoa seja a alegria que ela produz em nós. E eu amei ter reencontrado a Janete!

Seguimos, então, tentando nos divertir nesse carrossel.

Raciocínio lógico

Estou em São Paulo participando de um Congresso de História da Ciência e da Tecnologia na USP. Ontem foi o único dia que deu para passear à tarde e aproveitei para conhecer alguns pontos turísticos. Fui ao famoso bairro da Liberdade, à famosa praça da Sé, ao famoso Theatro Municipal e me desesperei no famoso engarrafamento. Descobri que os paulistanos acreditam que o ato de buzinar pode fazer o carro da frente se desintegrar. Cheguei ao hotel com muita dor de cabeça…

Hoje, porém, não deu tempo para nada. Teve atividades o dia inteiro no Congresso e, para piorar, à tarde foi a minha apresentação, de forma que eu estava megaconcentrada, com medo de esquecer alguma coisa caso balançasse muito a cabeça. O trabalho era sobre o desenvolvimento da Física no século XVII. Mostrei que o assunto é confuso e que não estou entendendo bulhufas da dinâmica da coisa. Na verdade, o que apresentei foi a minha ignorância sobre o assunto. Ainda assim, acho que agradei aos três espectadores.

Fui superfofa, coloquei uns memes na apresentação, quebrando todos os paradigmas de pesquisadora séria. Fui aplaudida de pé no final. Primeiro porque eu fui a última a apresentar, portanto todo mundo já estava de saco cheio e doido para ir embora, depois porque é de praxe bater palmas para qualquer pessoa que fale absolutamente qualquer bobagem em congressos. Mas isso são detalhes que ninguém precisa saber.

Vamos ao que interessa e ao que me fez, no final do dia, ir ao meu blog para escrever esta história. Voltando da USP, quase chegando ao hotel, no início da noite, passei por uma loja de roupas de mergulho. Como o dia foi tenso, pensei: por que não? Não tenho roupa de mergulho e mergulhar deve ser bom. Vai que um dia eu precise, vai que um dia eu compre uma lancha ou vá a Miguel Pereira? Perdi uma oportunidade uma vez de curtir uma piscina lá só porque deteeeeesto água gelada. Eu via os amigos nadando, pulando na água sem medo, se divertindo à vera e à brinca[1] e eu ali, morrendo de inveja. Taí. Ouvi dizer que essas roupas não deixam a gente sentir frio. Menos um problema na minha vida! Está tudo dando certo hoje!

Entrei na loja.

Veio o moço:

- O que a senhora deseja? – perguntou o vendedor nada original.

- Eu desejo não sentir frio quando mergulhar – respondi claramente.

- A gente tem roupa de cinco milímetros – ele disse me olhando de cima a baixo.

- Muito engraçadinho, moço. Acho que sou maior do que isso - falei superantipática, mostrando que não havia gostado nem um pouco daquela brincadeira feita por um desconhecido.

Ele riu. Eu fiquei muuuito aborrecida com a grosseria. Agradeci e dei-lhe as costas.

---

1 Parafraseando Manoel de Barros.

- Senhora, espere! Desculpe, deixa eu mostrar o que tenho aqui pra senhora. – Arrependeu-se, certamente, o vendedor.

- Eu quero essa grossa. De manga comprida – esclareci, decidida.

- Ok. Qual o seu tamanho? - perguntou de novo o engraçadinho.

- Um metro e meio – falei, séria.

- Eu estou falando se a senhora veste pê, eme ou gê, senhora – o vendedor burro, que não sabe nem perguntar sem ambiguidades, explicou-se.

- Pê.

- Eu acho que a senhora é eme.

O cara perdeu completamente a noção.

- Pois sim que sou eme! Pois sim! Me dá a pê da grossa – ordenei, já doida para sair dali.

- A senhora não vai experimentar?

Qual o quê... A loja tinha pouco movimento e havia só dois vendedores machos. No mais, eu ando "me achando" pelas ruas e desconfiando que todo homem que se aproxima de mim quer me estuprar. Síndrome de gostosa-ligada-nas-notícias. Avaliei o local e achei que corria altos perigos.

- Muito obrigada. O pê vai servir com certeza – mandei na lata a minha excelente forma física.

- Ok. Qual a forma de pagamento? – finalizou o tarado.

- Quanto é?

Eu tinha duas notas de cem reais na carteira e borracha é coisa barata.

- Shyrtxlcentos reais – respondeu Jack, o vendedor estripador.

Fala sério! Se fosse de seda, vá lá! Mas de borracha? O outro vendedor se levantou e começou a embrulhar aquela goma elástica. Seria o maior mico falar que não queria mais. Estava vindo de um congresso. Com crachá e tudo. Toda de salto alto, meu povo. O dia havia sido perfeito. O meu ego estava brilhando... Fala sério! Acabei pagando com o cartão de crédito e parcelando em 36 vezes.

Assim que cheguei ao hotel, resolvi experimentar a minha nova aquisição que custou os olhos da cara e o orgulho da alma. Distendi três músculos tentando colocar a roupa. Tive que deitar na cama para fechar o zíper na frente do macacão. Fechei. Não consegui me levantar. Rolei e caí no chão. Com muito custo fiquei de pé. Fui até o espelho e tcharaaammmm! Adorei o que vi. Estava magéééérrima! Fiquei indo e voltando em frente ao espelho, superfeliz. Vou vestir amanhã à noite para o Nelson, pensei. Ele vai adorar a nova Elika Bündchen. No entanto, a felicidade deu lugar a um gigadesconforto. De repente a respiração começou a ficar comprometida e eu resolvi abrir o zíper todo de uma vez, com medo de morrer. O barrigão pulou para fora aliviado e eu comecei a inspirar todo o oxigênio do quarto, ofegante, já achando que estava raciocinando mal por falta desse gás comburente no cérebro.

Quando fui tentar tirar o traje colante, entrei em desespero. Não havia movimento ou manobra que eu fizesse com os braços que fosse capaz de desgrudar dos meus ombros aquele monte de látex. O cabelo estava encharcado de suor. Não sabia mais o que fazer. Liguei para o meu marido, que estava em casa com as crianças.

– Neeelson, socorro! Estou presa! – disse assim que ele atendeu.

– O que houve? Presa como? – perguntou Nelson, todo preocupado.

– Em mim mesma! Neeeeelson, socorro! – gritei.

Depois de tudo explicado, veio a solução. O que seria de mim sem o Nelsim?

– Liga para a recepção e diz que está precisando da ajuda de uma mulher – expressou-se ele com toda a calma, me passando altas tranquilidades.

E foi exatamente e imediatamente o que eu fiz.

– Alô? É da recepção? Meu querido, estou com um probleminha aqui e preciso de ajuda urgente. Pode mandar uma mulher pro meu quarto, por favor?

Em menos de três minutos chega a camareira. Puxei a moça pelo braço para ela entrar rápido. Mostrei o meu estado. Barrigão branco para fora, suada, com aquela borracha fundida ao meu corpinho-bagulho.

– Por que a senhora vestiu isso aí? – começou a moça fantasiada de avental e touquinha, já querendo saber demais da conta.

– Me ajuda, moça, peloamordedeos, me ajuda! Puxa! – Coloquei as minhas costas nas mão dela. – Vai! Aí! Vai! Puxa!

Eu devia ter falado que queria uma mulher forte.

– Tô tentando, senhora. Por que a senhora fez isso? – perguntou a fraqueloide.

– Puxa, moça! PUUXXAAA! Pode rasgar, mas tira isso do meu corpo!

Ploft. As muxibas vieram abaixo! Que alívio! Eu rodei os braços peladona como se fossem hélices de helicóptero na frente da mocinha de touca e avental que me olhava, assustada. Eu estava extremamente feliz com a liberdade!

Mais calma, expliquei para ela que eu ia ser estuprada na loja e patati patatá. Ainda como vim ao mundo e em êxtase, dei-lhe um baita abraço toda suada, e ela foi embora sem nem menos esperar uma gorjeta.

É isso por hoje. Amanhã de manhã vou explicar para uma turma de futuros padres porque não acredito em Deus, mas tenho fé na Elika. E assim vou terminando os meus dias de intelectual aqui em Sampa.

Até a próxima!

Não curti

Entrei no elevador hoje no segundo andar do CEFET, o Centro Federal de Educação Tecnológica. Estava com preguiça de ir pela escada até o quinto. Dou de cara com um casalzinho emburrado. Em pleno 13 de junho, que vem logo depois do 12 de junho, o dia em que mel em cima de cocada fica menos enjoativo do que as mensagens de amor nas redes sociais.

– Rafa... – ela disse logo que a porta se fechou.

– Ssshhhhh... – fez o Rafa, de cara feia, olhando fixo para baixo, exatamente para a minha pessoa, fazendo o sinal universal de "cala a boca" para a garota.

– Rafa – insistiu a menininha fofa com cara de pobrezinha e com voz de meiguinha –, eu só curti, Rafa...

– Só, Maria Eduarda, só curtiu? Só? Desde quando, Maria Eduarda, curtir seis vezes é *só* curtir?!

Caraca, Maria Eduarda havia pisado na bola legal. Todo mundo sabe que curtir uma vez é ser simpático, duas é ser colega, três, amizade, quatro, interesse, cinco, vem cá que eu tô facinha, seis? Fala sério! Que decepção, Maria Eduarda! Que decepção!

– Mas você quer o quê, Rafa? – perguntou a safada e sem-vergonha na maior cara de pau! Eu olhei rápido para o Rafa, querendo ver que tipo de homem ele era.

– O que eu quero, Maria Eduarda? O que eu quero? – Afe. Esse Rafa é do tipo que começa as respostas perguntando tudo duas vezes. – O que eu quero? Você ainda me pergunta?

Recriminei-o com um olhar severo. O meu andar estava chegando... Vai logo, hômi, fala que quer que ela te respeite, desembucha essa raiva direito em vez de ficar perguntando igual um coió. Explica que, quando ela faz esse tipo de coisa, acaba com a sua masculinidância enquanto homem nas redes sociais! Gasta esse latim, Rafa!

– Você quer que eu deixe de ter as minhas opiniões? Quer que eu apague meu perfil? – Maria Eduarda estufou o peito e, com a mão na cintura, balançou o queixo igualzinho um sino. Como essas pessoas conseguem fazer isso com a cabeça? Sempre tentei e nunca consegui. Enquanto eu olhava a vaca da Maria Eduarda oscilando a fuça, a porta do elevador se abriu.

Hesitei. Se eu saísse não poderia mais dar aquele apoio moral pro Rafa.

Pensa rápido, Elika, pensa rápido!

– Vocês vão descer aqui? – perguntei com firmeza, pensando em segui-los só até o Rafa dar um fora na Maria Eduarda.

– Não – respondeu a hexacurtidora descarada.

– Não? Não??? Como não? – Pronto. Peguei a doença do menino. – Este não é o último andar?

– É, mas estávamos descendo, daí a senhora entrou e apertou o quinto. Esses elevadores do CEFET são meio malucos – respondeu o coiócudo do Rafael, que, além de tudo, não deixou a porta se fechar; ele a segurou para eu sair em segurança. Fofurésimo. – A senhora não vai descer aqui?

– Hã, bem, eu ia, mas acabo de lembrar que tenho que ir ao banco.

Se tem uma coisa que admiro em minha pessoa é meu raciocínio rápido como a velocidade da luz.

E a porta se fechou.

Silêncio.

Mais silêncio.

Como é que é, meu povo! Bora discutir essa relação que meu tempo é curto!

E o elevador despencando em queda livre!

Que situação! Que situação em que fui me meter! Que estresse! Que estresse!

Comecei a rodar o meu anel do mindinho e a olhar sério pro Rafa com a testa tensa, linguagem universal dos que acham que Maria Eduarda pisou na bola e que ele tem toda razão em ficar chateado e exigir mais respeito da parte dela.

- Tá bom, Maria Eduarda, desculpa. É que eu sou meio inseguro mesmo...

A porta se abriu, meu queixo caiu e os dois saíram abraçadinhos. Isso que dá a gente se envolver emocionalmente com o problema dos outros. O acesso ao elevador começou a se estreitar cada vez mais, meu nariz quase ficou preso... congelei sem entender nada... fiquei com a maior cara de bananada *diet* a um centímetro daquela fenda emborrachada.

Como essa garotada de hoje é imatura. Vou te contar, viu...

Nem tanto ao céu, nem tanto à terra

Entrei numa loja de roupas íntimas e rapidamente se aproximou uma vendedora perguntando se eu queria ver algo especial. Respondi com um sorriso debochado, pois havia entrado numa loja que só vende um tipo de produto. Estou procurando calcinhas e sutiãs. Falei por falar, por impaciência, por TPM, por querer ficar logo sozinha de novo escolhendo, mas, em seguida, ouvi:

- Sei. Mas a senhora quer ver coisas de esposa ou de amante?

E lá vamos nós.

Quando os filósofos debatem determinado assunto, antes que a discussão se inicie, é um hábito, se não uma necessidade, definir algumas palavras que serão mencionadas a fim de evitar maiores confusões. A pergunta me paralisou por alguns segundos, pois, na minha definição de esposa, a palavra "amante" é indispensável.

No momento da pergunta inesperada da vendedora, lembrei-me de um texto que havia preparado para dar de presente à minha filha quando ela se casar - se é que isso vai acontecer um dia. O texto versa principalmente sobre casamento, mas também sobre o que é ser, na minha opinião, uma esposa. Não vou reproduzi-lo na íntegra porque ele é enorme. Citarei apenas uma parte.

Nara, não há segredos para o casamento dar certo. Há muitas mentiras que acabam por nos enlouquecer, caso acreditemos nelas. Falam, por exemplo, que casamento é um deus nos acuda, um deus me livre e até, veja você, coisa de Deus. Ouve-se por aí ainda hoje que o amor é de família nobre e tradicional, enquanto o sexo vem da periferia e é chegado numa promiscuidade. Não é nada disso, querida. Nem tanto ao céu, nem tanto à terra.

Comecemos por entender que homem nenhum jamais pertencerá a uma mulher e vice-versa, independentemente do papel que assine ou do tamanho do ritual que sacramentará essa união. Somos livres, Nara. Mesmo dentro de um casamento. E ficaremos ao lado da pessoa com quem casamos por livre e espontânea vontade caso queiramos deparar com a tal da felicidade com certa frequência.

Se você foi escolhida para compartilhar a intimidade com alguém, é porque você foi a pessoa que conseguiu conhecê-lo com maior facilidade e que, portanto, será a primeira a ser requisitada para ajudá-lo, caso ele precise. Você será amiga, mas também será amante. E, para isso acontecer, não é preciso ter dupla personalidade: você deverá ser romântica ao desempenhar esses dois papéis. Mesmo nos momentos do sexo despudorado, minha filha.

Casamento tem que ter um quê de brincadeira de criança, embora seja imprescindível haver maturidade. As características que marcam um relacionamento maduro são infinitas porque os casais estão sempre se reinventando, mas vou citar algumas para que você entenda o que quero dizer: o silêncio feminino na hora do jogo, o olhar carinhoso dele ao vê-la dormindo com uma camisa que ele adora, dançar só para ele (mesmo que ele caia na gargalhada toda vez que você tentar excitá-lo com isso), ganhar (e dar) a primeira colherada do sorvete, abrir uma cerveja num final de tarde de domingo mesmo sem ter os amigos em casa, ele tentar fotografá-la enquanto você anda a cavalo, lingeries *novas... coisinhas assim que, juntas e misturadas como se fossem uma só, são de suma importância. Fique atenta a elas. Muita gente as menospreza ou não lhes dá o devido valor.*

Olhei para a vendedora e, mesmo sem nenhum conhecimento a respeito dela, formei a minha opinião. Para me fazer essa pergunta, tratava-se de uma pessoa completamente diferente e distante de mim. Diria até que vivia em outro mundo. Estava com pressa e evitei discussão:

– De amante, é claro.

Poderia ter terminado por aqui e deixado que todos acreditassem (como eu acreditei por alguns segundos) que, de alguma forma, eu tivesse algo a mais que a vendedora. Sabedoria, sensibilidade, paz no coração, sei lá. Porém, quando ouviu minha resposta, ela rebateu imediatamente:

– É o que todas respondem. Por isso tenho orgulho de ser mulher.

Entre o preconceito e a ironia da vida, mais uma vez: ponto para o segundo.

E para aqueles que querem saber se comprei algo muito ousado... nem tanto ao céu, nem tanto à terra. Afinal, entrei na loja à procura de um presente para a minha mãe.

Quando a imaginação é mais importante que o conhecimento

Quando se convive com uma pessoa durante muito tempo, às vezes conseguimos saber exatamente o que se passa na cabeça do indivíduo que nos acompanha; outras vezes não fazemos nem ideia e, como estamos falando de dois seres, essas situações podem acontecer ao mesmo tempo. Foi exatamente isso que ocorreu entre mim e meu excelentíssimo marido um mês atrás.

Estávamos na casa de minha sogra em Mangaratiba nos preparando para dormir. Eu não gosto muito de passar a noite lá porque a casa fica perto de muito mato, colada numa reserva da Mata Atlântica. E onde tem mato tem muitos bichos esquisitos com asas que cismam em nos visitar ao entardecer. Mas no dia seguinte partiríamos para Ilha Grande com as crianças e a barca sai dali pertinho. Eu estava no quarto com Yuki e Nara, que já estavam ressonando. Cômodo fresquinho. Ar-condicionado no máximo. Eu estava calma. Serena. Deitada. Com o livro de Zélia Gattai nas mãos. De repente, Nelson coloca só a cabeça para dentro e, com os olhos esbugalhados, fala:

– Não abra esta porta por nada neste mundo!

E fechou-a em seguida, deixando-me só de novo com as crianças naquele compartimento gelado.

Levantei-me jogando a Zélia pro alto e abri a porta sem demora. Mantive as pernas bambas dentro do quarto e usei somente o rosto para me certificar do que estava acontecendo lá fora.

– Eu não falei pra você não abrir? – rugiu Nelson ainda com os olhos saltando das órbitas ao me ver com a cara assustada no corredor. Empurrou meu rosto para dentro e fechou inutilmente a porta mais uma vez.

Coloquei a boca numa abertura segura de três centímetros.

– O que tá acontecendo?

E imediatamente posicionei minha pupila na brecha, agora de meio centímetro. Nelson se aproximou nervoso.

– Me obedece, mulher! Fecha essa porta! – bramiu, rabioso com a minha indisciplina, fantasiando uma esposa menos curiosa e mais obediente.

Pela fresta eu vi, com a metade de um olho, Nelson com uma vassoura na mão.

– É bicho? – perguntei com a voz embargada.

Nelson devia estar querendo me proteger e, com receio de que eu desmaiasse, acordasse os vizinhos ou tivesse um piripaque por causa da minha insectofobia crônica, agia daquela forma bronca. Se ele tivesse respondido sim, é bicho, eu teria fechado a porta e trancado com chave. Na hora! Mas não... surtou.

– É tudo! É tudo!!! Fecha a porta!

E com um misto de ódio e pânico mirou um ponto fixo na sala.

Do meu referencial não era possível ver o que ele estava focando sem piscar. Os nossos campos visuais sofriam a interseção de uma quina de corredor. Também não era louca de sair dali. Já estava toda arrepiada só de pensar... mas o que é tudo? Como assim, tudo??? Essa resposta foi muito esquisita.

– É réptil? – indaguei, visualizando mentalmente uma perereca.

– É tudo! É tudo! Entra, mulher!!! – replicou, sabedor que era de que eu tenho o maior medo de anfíbios.

Ele realmente estava muito preocupado em preservar a minha paz já inexistente com aquela resposta insana.

– É inseto? É um besourão??? – interpelei ao me certificar com meu olho esquerdo grudado numa brechinha de nada de que ele estava com a vassoura numa mão e agora com um inseticida preto na outra.

Por Deus! Será que esse homem acredita que, se ele não descrever exatamente o que está vendo, eu vou me acalmar?

– Fecha a poooooorrrtaaaa! – gritou incisivo enquanto sumia por completo do meu campo visual.

Eu obedeci apavorada, imaginando meu marido lutando com um bicho muito estranho. Ouvi um barulho seco. Era o som que a vassoura faz quando encontra o chão com velocidade e fúria. Mais barulhos de móveis caindo. Esperei mais alguns segundos. A minha mão na maçaneta estava só esperando o sinal verde vindo de fora, porém, antes que ele fosse dado, eu abri a porta e saí mais branca que ovo bem cozido.

Nelson estava no banheiro dando descarga com cara de nojo. O bicho estava indo embora e fui correndo olhar a aberração. Quando mirei o fundo do vaso, o nível da água já havia começado a subir.

– O que era, afinal? Um insetão? Um réptil? Mamífero? – Eu também tenho medo de ratos. Nelson sabe disso. – Você está bem? – Preocupei-me ao ver a testa brilhosa do meu herói.

– Era tudo! Tudo!!! – respondeu, balançando a cabeça como se dissesse não. – Vamos dormir – delirou.

Fui para o quarto. Esperei ele arrumar a bagunça na sala, tomar mais um banho e se deitar ao meu lado. Sabia que seria complicado obter um esclarecimento. Nelson tem essa mania de achar que é melhor eu não saber das coisas para não sofrer. Ele acredita realmente que eu padecerei menos na escuridão.

Não poderia mostrar muita ansiedade. Em outras situações isso só piorou as coisas.

– Meu amor, se você não me falar o que era, eu vou imaginar o pior! – disse com a voz mansa, fazendo cafuné na cabeça rala de meu protetor, que acabara de se deitar ao meu lado.

– Era o pior! O pior! – replicou imperioso e sem se deixar seduzir pelos meus gestos.

– Caramba, homem! – impacientei-me. – O que é um bicho que é tudo? Réptil, inseto e mamífero? – E continuei, achando que havia falado todas as classes dos animais. – Caraca, Nelsu! Larga de ser chato! Se coloca no meu lugar! Eu não vou deixar você dormir enquanto eu ficar imaginando você lá fora lutando com um orangotango!

Perdi, além da paciência, o vocabulário, e devo ter perdido também todas as aulas de Ciências na vida. Nervosa eu sou assim. Raciocino menos do que quando estou fazendo *jump*. O ponto digno de nota é que, muitas vezes, meu marido sabe exatamente o que estou pensando e, por conta disso, duas coisas acontecem: ele nem se dá mais conta das minhas gafes e fica fazendo esse tipo de coisa, achando que é o melhor para mim. Afe.

Dessa vez, porém, eu e meu tom de voz o convencemos a esclarecer o que de fato ocorrera ali fora.

– Tá bom. Tá bom, mas depois não reclama! – E sentou-se na cama olhando assustado para mim. – Era uma barata desse tamanho! – exclamou, usando as duas mãos para que eu visualizasse o tamanho da criatura. – Satisfeita?

Não. Padeci à luz da verdade. Não dormi visualizando aquele inseto caseiro ortóptero com as dimensões de um cachorro. Antes ele tivesse me contado como foi a briga com o orangotango. Parece que nem me conhece...

Capitão Nascimento e dona Maria José

Depois de enfrentar uma fila fora do comum no Norte Shopping, em plena segunda, para comprar ingressos para ver *Tropa de elite 2*, eu e Nelson entramos na sala de projeção quinze minutos adiantados com o intuito de garantir um bom lugar. Menos de cinco minutos depois, a sala já estava lotada. O filme, como todos sabem, é um fenômeno de bilheteria. Havia pessoas de todas as idades, cores e tamanhos, ansiosas e empolgadíssimas para torcer pelo Capitão Nascimento.

Com poucas luzes ainda acesas, bem antes do aviso para que desligássemos os celulares, uma senhora que pertencia a um grupo de mais umas seis idosas, todas sentadas na fileira em frente à minha, começou a tossir de tanto rir. As outras estavam bem agitadas e igualmente gargalhando. Eu, na minha, só as observava. Um grupo de senhoras sempre me causa certo desconforto. Fico logo imaginando que deve ser um bando de viúvas, morando sozinhas depois de uma vida dedicada a um lar movimentado com filhos, agora casados e vivendo em outro estado... De repente, no meio dessas divagações devidamente discutidas na terapia, que não está me ajudando em nada, algo estranho aconteceu. A senhora que tossiu ficou em pé, agora séria. Olhava para o chão e parecia procurar algo.

– O que foi, Maria José? – perguntou uma senhora com cabelo acaju.

– Shhshhshshs – cochichou dona Maria José no ouvido da amiga, que se levantou na mesma hora e também começou a olhar para o chão.

Não demorou muito e todas aquelas senhoras estavam na vertical em pleno cinema. Sentados ali por perto, mais precisamente em frente a elas, havia uns meninos vestidos com uniforme da rede estadual de ensino. Rapidamente, eles ofereceram ajuda.

– Tia, perdeu alguma coisa? – perguntou um garoto alto e negro sentado à frente da senhora de cabelo acaju.

– Perdi, mas não quero dizer o que foi – respondeu dona Maria José.

– É melhor falar que eles ajudam, Maria José! - aconselhou outra senhora que segurava um pacote grande de confeitos de chocolate ainda fechado.

Maria José continuava relutante em responder.

– Fala, tia! Quer ajuda? – insistiu outro, de cabelo cheio de trancinhas tererê.

- Perdi o pivô - disse Maria José, envergonhada, mostrando para as velhas amigas e para os meninos um buraco entre os dentes.

Dito isso, as amigas, com a ajuda dos meninos de uniforme, de imediato intensificaram a busca naquela penumbra em que ficam as salas de cinema antes de o filme começar.

– O que está acontecendo? – perguntou uma menina da minha idade sentada logo atrás de mim.

– Maria José perdeu a dentadura – respondi no reflexo.

Os meninos, nessa hora, estavam todos tentando iluminar o chão com a parca luz de três celulares juntos.

– Pede pro lanterninha iluminar! – gritou a menina atrás de mim, compadecendo-se com o problema de Maria José e revelando que não era tão menina assim.

– Que lanterninha? O que é isso? – interpelou um dos meninos de uniforme lá na frente para a infeliz que não sabe que lanterninha é coisa do tempo dos dinossauros.

– O que está acontecendo? – perguntou o senhor atrás da menina que não era menina droga nenhuma.

– A senhora ali perdeu a dentadura – respondeu um moço com um saco enorme de pipoca, duas cadeiras à esquerda da meninassauro.

– Achei! – gritou o rapazinho alto de uniforme. – Ah, não, é uma pipoca... – lamentou-se em seguida.

Por um momento, aquela busca me lembrou o resgate dos 33 mineiros no Chile. Vários celulares iluminavam do alto o cocuruto das senhoras que olhavam por debaixo das cadeiras. E o mundo inteiro, àquela altura, já acompanhava o desespero daquela senhora com o sorriso pra lá de comprometido. O filme quase para começar... A pouca luz que tínhamos ia acabar em instantes!

– Deixa pra lá – falou Maria José descontente e já perdendo a esperança.

– Desiste, não, tia! Esse troço é caro à beça! – aconselhou o menino que não sabia o que era "lanterninha".

– Não, tia, desiste não! A senhora é brasileira! – esbravejou um patriótico aluno da rede estadual.

– Vê se melhora – falou firme um rapaz bem-vestido que veio lá de trás com um celular superbombado, daqueles que, quando se aperta um botão durante três segundos, se transformam numa lanterna hiperpotente.

Não sei quantos minutos se passaram, mas sei que foram tensos. Estávamos todos com os pescoços esticados com medo de as luzes se apagarem e Maria José ficar sem o dente que lhe custou os olhos da cara, como lembrou um dos meninos.

- Achei! – vociferou feliz a senhora acaju, levantando bem alto um dente com um pino para todos verem que, dessa vez, não era alarme falso.

Todos do cinema, nesse instante, aplaudiram, ovacionaram, eu até dei um abraço forte no Nelson! Um menino que estava com a mão cheia de pipocas, com aquela gritaria e batelança de palmas, jogou tudo para o céu, certamente agradecendo aos deuses por aquele sufoco ter acabado. A amiga de Maria José, feliz da vida, abriu enfim o pacote de confeitos e começou a oferecer para todo mundo. Enfim, um negócio assim de doido e muito bonito de ver!

- Já valeu o ingresso! – gritou Nelson emocionado, aplaudindo.

Daí, as luzes se apagaram, o filme começou e, bem, foi aquilo que todo mundo já sabe.

Contando as estrelas

Estou participando de um congresso de História da Ciência em Salvador. Aprendi muitas coisas legais, fiz alguns contatos, conheci ídolos, apresentei meu livro para um monte de gente e, por tabela, fiz um tratamento de choque. Existem terapias que colocam o paciente em contato com o que lhe causa pânico para ver se ele aprende de vez a ser homem. Cá estou eu, vivendo meu maior pesadelo, tendo a visão do inferno a cada segundo. Apesar de dar alguns "Ois" nesse congresso, não consegui fazer uma aproximação além da profissional. Resultado? Nas horas vagas, fiquei completamente sozinha e hoje, por exemplo, fui ao Pelourinho tendo ao meu lado só a minha parca coragem. Cheguei a cogitar a hipótese de não ir a lugar nenhum e curtir uma depressão, mas nem de longe isso combina comigo.

No final do tratamento, algumas histórias para contar.

No Mercado Modelo, entrei numa loja que vende instrumentos musicais, entre outras coisas. Comprei cuíca, pandeiro, pau de chuva e um agogô para o Yuki, meu filho sambista de quatro anos. Mas, mesmo depois de ter finalizado a compra, continuei olhando os objetos expostos nas prateleiras.

– O que é isso? – perguntei, apontando um coco com um canudo minúsculo de madeira meio achatado.

– Sabe não? - devolveu o baiano com o maior sotaque de baiano.

– Sei não – saiu a resposta, meio assim sem querer.

– É pra fumar maconha. Vou lhé éxplicar como sé usa. – E, dito isso, o baiano pegou um baseado apagado.

– Carece não, moço. Eu não fumo – disse em baianês, já arrependida de ter perguntado.

– Mas deixa eu lhé éxplicar para a senhóra apréender – disse o baiano pegando o coco em *slow motion*.

– Mas eu não vou usar! – E comecei a me afastar do baiano maconheiro com medo de ser presa.

– O nóme disso é coco loco – continuou o rapaz lentamente. – A gente énfia o baseado aqui, énfia o canudo no coco, e a fumaça fica présa. Assim, ninguém sénte o cheiro, éntende o que estou a lhé dizer?

– Sim, perfeitamente, obrigada. – E me virei para ir embora.

– A fumaça éncontra uma barréira – falou o rapaz, que pelo visto já havia fumado e não me ouvia e não parava de mostrar a porcaria do coco.

– ...

Desesperei-me em silêncio.

– Eu estou lhé explicando isso, senhóra, tenha médo não, mas é que, se a senhóra vir alguém com isso, já vai saber o que está acontécendo – justificou calmamente o soteropolitano.

– Obrigada – agradeci, depois de ter refletido sobre preconceitos e medos precipitados. – Coco loco. Aprendi. Agora estou espertinha.

Voltando para o hotel de táxi, eu estava imunda, suada, morta de tanto andar, e o motorista resolveu puxar assunto:

– A senhóra é daqui não, acértei? – cutucou-me o motorista.

– Sou não – saiu a resposta, de novo, meio assim sem querer.

– Da onde a senhóra veio? – insistiu o motorista.

– Vim do Rio – respondi simplesmente.

– Cónhéço. Já tive em Cópacabana. Fui lá fazér um biscate. Vénder chinélo. Déu certo não... – estendeu-se o motorista.

– Mas é bonito o Rio, não? – desvencilhei-me friamente de uma longa história contada em câmara lenta.

– Bónito, é. Mas o próblema é que o Rio tem muita subida. Diférénte daqui – disse o motorista, olhando para o horizonte como se ele (o horizonte (ou o motorista mesmo)) estivesse bem distante.

– Hum-hum – concordei rápido, apreensiva com aquela repentina meditação no meio do trânsito.

– Aqui não. Aqui em Salvador só tem déscida.

Meodeos... O que esse baiano está me dizendo? Diferente de lugar que tem muita subida é lugar que tem descida, por acaso? Ai, jesuis! Será que ele não sabe que isso é uma questão de referencial?

– Mas, meu senhor, veja bem, tudo o que sobe... não desce? E se desce... não foi porque subiu?

– A sénhóra me entendeu diréito não. Lá no Rio de Jánéiro, tem muita subida e aqui, véja bém, é tudo baixo. Ou alto.

Ou não...

À noite saí caminhando pela orla. Meu hotel ficava na praia da Barra, pertinho do farol. A intenção era chegar

nele e lá comer um acarajé. Com a iguaria nas mãos, sentei-me na grama, nas mediações do forte. Brisa, acarajé, farol da Barra... até que não podia reclamar. Ao meu lado, próxima a mim, sentou-se uma mulher. Menina nova. Por volta dos vinte anos aparentemente. Também só.

Reconheci a moça assim que olhei para o seu rosto e o brinco rosa-choque, que contrastava com a pele negra. Ela era a ascensorista do Elevador Lacerda que peguei hoje.

Parênteses. O Elevador Lacerda é um ponto turístico aqui em Salvador. Ele liga a cidade alta à cidade baixa. Mas é apenas um elevador sem nem ao menos uma vista panorâmica. Quente quente quente. Assim que entrei, chamou-me a atenção a ascensorista, pelo trabalho que ninguém merece. Aperta botão, sobe. Aperta botão, desce. Sobe desce, sobe desce, sobe desce... Quantas vezes essa coitada faz isso por dia? E que diabo de brinco feio é esse? Fecha parênteses.

- Te vi hoje trabalhando – falei assim, por falar.

- Ah, sim, a sénhóra éstéve lá no élévador? – perguntou apenas com a intenção de ser simpática.

- Estive. Trabalho cansativo esse seu... Quente lá dentro, né? – disse eu, limpando a boca com o antebraço, já que as duas mãos estavam segurando o acarajé.

- Ah, é sim. É por isso eu vénho aqui sémpre que pósso. Eu passo o dia usando o meu dédo indicador apértando bótão e suando. Aqui no fárol... com esse vénto... posso usar meu indicador como deve ser usado.

- ??? - perguntou a minha testa.

- Cóntando as éstrelas.

Dividindo para poder sobrar

Semana passada fui à casa dos meus pais, e minha mãe veio me cumprimentar segurando uma caixa.

– Elika, aqui! Não te dei presente de aniversário, mas comprei um troço pra mim e achei que você também gostaria, daí comprei logo dois! Toma. Se não gostar, pode me devolver que eu uso.

Fiquei feliz por ela ter se lembrado de mim, mas logo minha testa enrugou por não entender direito o que estava acontecendo. Antes que eu perguntasse, mamãe levantou a blusa e ali, seminua na minha frente, começou a explicar.

– Eu vi na televisão, falei pro seu pai que devia ser bom, fica assim ó.

E deu uma volta na minha frente. A minha testa continuou cheia de frisos. Na caixa, havia a foto de uma modelo com corpo de modelo com um vestido bem justinho. Ao lado do corpo escultural estava escrito: reduz a barriguinha, afina a cintura, levanta o bumbum, modela as coxas, suaviza as marcas de flacidez e não marca a roupa! Diminui até três números do seu manequim na hora! Olhei para mamãe ainda girando na minha frente, sorrindo com o *short* lá embaixo e a blusa lá em cima. Comparei com a foto da caixa. Entendi tudo. A testa começou a ficar menos tensa e fui contaminada quase que instantaneamente pela cegueira de dona Ruth.

Tirei rápido a minha bermuda e o aparato da caixa. Mais uma vez não estava entendendo nada. Como mamãe enfiou aquilo no corpo? A tal cinta tem a largura de um palmo e é tão elástica quanto qualquer sólido!

– Vamos lá, filha, que eu te ajudo.

Quando a cinta estava na altura dos meus joelhos, eu não tinha força para separá-los. Como aquilo passaria pelo meu quadril? Comecei a dar pulinhos, com mamãe puxando para cima a cinta elástica cada vez que meus pés batiam no chão. Caminhamos, assim, superjuntas pela sala, durante alguns suados minutos. Miraculosamente aquilo passou pela minha cintura, depois foi me espremendo de baixo para cima até chegar na altura do peito. Pronto. Eu não diria que estava como a modelo da caixa, ainda mais com aquela desenvoltura toda, mas, sim, o resultado agradou. Já estava girando em frente ao espelho, tomada por uma felicidade sem tamanho, me imaginando dentro dos meus mais justos vestidos, quando me lembrei de um detalhe.

– Mãe e se eu precisar ir ao banheiro como faço você já foi ao banheiro na rua com isso?

A frase foi dita assim mesmo, sem vírgulas, porque, como todos sabem, a vírgula indica uma pequena pausa para a respiração e, se havia algo que eu não estava conseguindo fazer, era encher e esvaziar meus pulmões. Mamãe me olhou assustada e disse, sem me convencer, que já havia conseguido realizar tal façanha. Agradeci o presente, li um pouco do jornal que meus pais assinam e fui embora.

Em casa, muito mais tarde, fui retirar a cinta que se fundia ao meu corpo. Ela resistiu inicialmente à minha vontade e comecei a ficar aflita.

– Nara me ajuda aqui por favor minha filha?

– Mãe, como você conseguiu colocar isso?

– Nara não discuta me ajuda pega uma tesoura não pega tesoura não que isso deve ter sido caro esquece a tesoura vê se consegue enfiar os dedos e puxar com força para baixo.

Desvencilhada do carinhoso presente depois de alguns, e não poucos, minutos, com o barrigão para fora, bumbum caído, a flacidez despudorada à mostra e já conseguindo falar como antes, peguei o celular empolgadíssima. Enquanto fazia a janta das crianças, recomendei a cinta para algumas amigas, que desligaram o telefone sem ver a hora de experimentá-la.

Segunda-feira estive de novo na casa de meus pais.

– Elika, olha o que eu comprei. Já ouviu falar? Ração humana! Olha, você tem que misturar tudo... e tititi patatá. Comprei logo dois quilos! Um pra mim e outro pra você.

Agora só preciso misturar duas colheres de ração em um suco ou no leite e não vomitar depois de ingerir. Em um mês perderei quatro quilos, ficarei menos cansada, com a pele mais viçosa, cabelos mais brilhosos e intestinos funcionando, digamos, a todo o vapor. Os amigos já foram avisados, e alguns até disseram que já estão dormindo melhor!

Assim como o conhecimento humano, determinadas alegrias só aumentam de tamanho quando divididas. Espero que a minha miopia continue aumentando e que a minha ignorância se faça sempre presente nesses momentos despretensiosos da vida.

Meus deleites

Ver velhinhas arrumadas andando na rua, passarinho colorido quando pousa perto da gente, beber água gelada depois de escovar os dentes, fazer molho de pimenta, tirar os sapatos, dar livros de presente, tomar banho quente, dobrar a língua junto com a Nara, acertar bola de papel no lixo, dormir cansada, aroma de madeira, a casa de meus pais, ver papai tirando fotos de flor, batucada bem batida, comidas típicas sejam lá da onde for, "bolo de combole"[2], ver gaveta de casa arrumada, celular novo, achar nota de cinquenta reais no bolso da calça, ar-condicionado, milho cozido, álbum de fotos, fotos em que a gente fica mais bonito do que é, livros antigos, ver as pessoas tentando falar papibaquígrafo, ligar para minha mãe dizendo que cheguei, ligar para minha mãe dizendo que saí, ligar para minha mãe, cheiro de nenê, ver que meu colesterol está baixo, apanhar qualquer coisa que me lançaram de longe, apertar o *play* do DVD, demonstrar leis da física, perceber que Angeline Jolie fica feia em determinados ângulos, dar uma aula legal, ver um esquilo parado, rever *Noviça rebelde* com as crianças, acompanhar o crescimento da árvore que eu plantei, receber comentários no meu blog, ver o Cristo Redentor de dentro do avião, cheiro de cocô de vaca, fotos antigas, ouvir música da época em que eu era ado-

---

2 É assim que meu caçula fala "rocambole".

lescente, abraçar os amigos, gente engraçada, conhecer gente que aparece na televisão, os livros do Ziraldo, ouvir "Tia Elika?" quando atendo o telefone, assistir a filme que ganhou Oscar, falar a verdade, contar uma mentira, sotaque nordestino, fantasiar a família toda no Carnaval, férias com meus sobrinhos, festa junina, ficar de pijama o domingo inteiro, ler na cama, dizer "Nasceu!", ver filme deitada, receber um e-mail de um amigo distante com saudades, planejar viagem para Buenos Aires, ouvir gargalhada de filho, pintar quadro bonito, décimo terceiro, comer bala de hortelã depois de morder um chocolate, morder chocolate, massagem no pé, comer frango assado com a mão, ensinar como se come peixe cru com pauzinhos, tocar pandeiro, desenformar pudim, cantar em italiano, Sapucaí, levantar da cama e deitar no sofá, gelo com refrigerante, ver filho tirando nota dez, comer pão que acabou de sair do forno, comer pão esquentado na chapa, comer pão, ouvir o dentista falando que não tenho cárie, cheiro de dama-da-noite, ver o relógio marcando oito horas quando acordo, voltar a dormir, sonhar que estou voando, o sorriso do Brad Pitt, sorriso de negão muito simpático com dentes brancos, ver salto acrobático que pode causar a morte do atleta, velhinho lúcido, tango bem dançado, roer osso depois de ter comido a carne, o olhar do Gato de Botas do filme daquele ogro, descobrir que não vai chover no site de meteorologia, jabuticaba colhida do pé, trazer para casa queijo de minas comprado em Minas, ficar chupando a água salgada do sabugo de milho, passear de bote inflável e levantar o remo com as duas mãos e gritar "Urru!", receber mensagens dos amigos no celular, lembrar episódios da infância, baleia, varanda de fazenda, cavalgar em cavalo bonito, ler a sessão "Entreouvidos" do jornal de domingo, girar um compasso e ver o círculo perfeito, fazer um círculo quase perfeito sem um compasso, ser apresentado a um monumento famoso, ver filho arrumadinho para sair, conseguir pegar siri na praia com a mão e mostrar para as crianças como se faz, bisbilhotar a biblioteca dos amigos, fazer as pazes, pé de moleque de Piranguinho, ver um rato cruzando o asfalto, falar que dinheiro não traz felicidade, pintar ovos quando chegam do supermercado, descobrir que a boazuda da época de escola engordou muito, barulho de cachoeira, casa dos amigos, estourar bolinhas do plástico-bolha, atualizar o *curriculum lattes*, a voz do Renato Russo, dançar igual chacrete, mostrar para as pessoas que consigo me levantar sem colocar as mãos no chão, descer num toboágua gritando alto, escrever uma crônica, entender um filósofo, fingir que entendi alguma coisa, cheirar debaixo do braço e ver que não tem cecê, coçar ouvido com o dedo mindinho, empurrar pessoas na piscina, cheiro de café, de pipoca doce e do Nelson; ver mamãe eletrocutando moscas com uma raquete, aplaudir involuntariamente, ver a parte de trás da Candelária, doces árabes, vestir roupa nova, vestir roupa de dez anos atrás e ver que serve direitinho, não vestir roupa nenhuma, ser madrinha de casamento, ser madrinha de filho dos amigos, levar alunos ao museu de astronomia, ficar pensando para terminar essa lista e toda hora me lembrar de mais alguma coisa.

Temos nosso próprio tempo

Toda a paranoia começou quando fomos convidados para uma festa Ploc. Para quem não sabe, nessas festas ouvimos músicas da década de 1980 e para elas geralmente são convidadas pessoas que foram adolescentes nesses idos. A questão é que as músicas nunca vêm sozinhas. Ao ouvir Legião Urbana, por exemplo, a voz de Renato Russo magicamente me devolve a emoção vivida num passado repleto de incertezas descomunais, certezas colossais e tinos e rugas inexistentes. Eu, hoje, em plena puberdade. Maravilha.

O convite poderia ter sido indolor se não fosse pelo fato de eu ter pintado meus cabelos e ter estudado muita filosofia justamente na semana em que o recebi. Perguntas transmundanas começaram a bombardear minha cabeça colorida artificialmente e na primeira oportunidade fui dividir minhas angústias com o Nelson, que estava pouco se lixando para essa festa Ploc, que vive rindo alto pela casa, apesar de seu couro cabeludo estar cada vez mais visível, que só ouvia Chico Buarque enquanto eu pulava de um lado para outro na Play House ouvindo "Olhar 43" e que me namora desde aquela época. O ponto é que, quando somos jovens, imaginamos um futuro em que fazemos um monte de coisas superlegais porque somos donos dos nossos destinos. E aí vem o diabo do tempo que se acelera a si mesmo, perde-se em um presente impossível de dominar e vai-se embora deixando o tônus de minha epiderme comprometido. As variáveis da equação que rege nossos caminhos começam a fugir do nosso controle e por fim temos que conviver bem com o resultado dessa conta que nem sequer sabemos como foi feita!

Estava muito angustiada. Precisava conversar...

– Nelsu, se nós nos conhecêssemos nessa festa Ploc, você se interessaria por mim? – perguntei, mexendo nos meus cabelos tonalizados.

– Claro que sim, meu amor, eu me interessaria se te visse em qualquer lugar. Você é a mulher da minha vida...

Ele não podia ter dito isso? Resolveria grande parte dos meus problemas! Eu estava esperando essa resposta para fazer charminho, chamá-lo de bobinho, sentir-me melhor e partir literalmente para o abraço. Mas não.

– Eu não iria a essa festa de jeito nenhum. – E apontou o controle para a televisão.

Isso mudou tudo. Da minha mente que já estava conturbada por causa de Descartes e do tubo de tonalizante para cabelo surgiram mais 789 perguntas.

– Como não? Foi o Mazinho que te chamou... Você iria rever seus amigos! E então, se me visse lá, você iria se interessar? – Segunda tentativa. Mas Nelson estava em outra estação. Completamente fora de sintonia.

Eu não vou me estender aqui contando o diálogo nervoso sem precedentes que travei com ele para convencê-lo a ir a essa festa por livre e espontânea vontade caso não me conhecesse. Fato é que ele conseguiu chegar até lá sozinho e lá me viu.

"A dois passos do Paraíso" toca ao fundo. Eu estou com aquele meu vestido azul-marinho e começam a soltar a fumacinha de gelo seco.

– E então? Gostou do que viu? Você iria falar comigo? Daí, a gente bateria um papinho num canto e você se

interessaria? – perguntei sorrindo, com o coração disparado e rindo de lado.

– Claro que iria. Você é a mulher mais bonita dessa festa. Não deixaria você escapar…

Não podia ele ter dito isso? Mas não.

– E eu sou lá homem de chamar mulher pra conversar? Quando você me viu fazendo isso? Sim, iria te olhar, mas não chamaria você nem ninguém para um canto para ficar de papinho. Eu, hein! Ia ficar conversando com o Mazinho.

Meus olhos se encheram de lágrimas. Que desgraça. Eu encalhadona numa festa.

Emudeci por conta dos devaneios.

Nelson não estava entendendo nada e percebeu pelo meu silêncio que precisava entender alguma coisa. Eu precisava conversar com ele na festa Ploc. Precisava conhecê-lo nesse dia para ver se eu ainda estava interessante, se estava acertando nas escolhas já feitas nesta minha vida, inclusive na escolha da tinta para o cabelo. Havia, portanto, muitas coisas que eu queria dizer a ele na festa em que iríamos nos conhecer ou nos rever, sei lá, mas ele nem sequer me chamou para conversar! E tinha que ser ao som das músicas que fariam eu me sentir jovem e sem juízo, senão eu poderia travar um pouco.

Nelson, preocupado, resolveu evoluir no nosso parlatório e convenceu-me de que daria um jeito de se aproximar de mim, mas jamais me chamando para um lero. Ele perguntaria ao Maza quem era a menina de vestido azul. Ótimo. Maza me conhece e faria a ponte.

Retomei animada de onde havia parado.

– Então, Nelsu, daí, se começássemos a conversar e você me perguntasse o que eu faço e eu te dissesse que estudo Filosofia, que fico horas discutindo sobre a rebimboca da parafuseta, ou melhor, sobre a metarrebimboca da parafuseta do século XVIII, que dou aula de Física, que escrevo bobagens... você se interessaria ainda mais? – indaguei, tendo em mente o seguinte esquema: se ele responder "não", eu vou perguntar isso e aquilo; se responder "sim", eu vou fazer aquilo.

– Ah, sim, muito mais. Ia te achar superinteressante, megainteligente, além de bonita. Você se tornaria irresistível para mim.

Não podia ele ter dito isso? Mas não.

– E eu lá quero saber o que você faz? Você acha que eu perderia meu tempo perguntando sobre o que você faz?

Pronto. Regrediu de novo. Nelson respondia com perguntas e me olhava como se eu fosse a metarrebimboca.

E, ao me olhar, entendeu tudo. Considero-me uma pessoa muito feliz, mas todas as vezes que o confronto entre o protótipo e o espelho se dá eu perco um pouco o equilíbrio e posso ir ao chão. Nelson, com sua extraordinária paciência e simplicidade, fez-me perceber que, diante da possibilidade de ouvir as músicas de um passado remoto, eu tive um surto psicótico não porque o resultado da equação escrita quando as rugas não eram residentes no meu rosto foi diferente do esperado (o que de fato foi), mas pela percepção da impossibilidade que todos temos de acessar os cálculos. Portanto, não faz sentido sermos medidos pelo que fazemos hoje, e sim pelo que sentimos desde sempre. Assim, são as incertezas descomunais, as certezas colossais e os tinos inexistentes que apenas mudaram de tema, embora nunca tenham deixado de existir, que poderão indicar quão interessante nos tornamos, dando alguma pista de quem somos. E isso nada tem a ver com trabalho e muito menos com a cor dos meus cabelos.

– Mas você leria meu blog? – perguntei, ainda desnorteada com aquele tombo.

– Claro que sim! E iria comentar todos os textos! – respondeu, enfim, reerguendo-me.

Apertei finalmente o *play* e nos abraçamos ao som do Cazuza.

Fé na Kátia

Hoje Nara, minha filha de treze anos, está fazendo uma prova final pela primeira vez na vida. Ao contrário de Hideo, seu irmão mais velho, que nem diante de uma possível reprovação perde o sono, Nara entrou em pânico e, mesmo tendo estudado muito mais do que manda a cartilha, se julgou incapaz de tirar a mixaria de nota necessária para ser aprovada em Matemática. Eis que uma novela mexicana se fez presente em minha casa desde ontem, com minha filha no papel principal.

– Mãe, me ajuda. Mãe, tô desesperada. Mãe, vou morrrreeeeerrr.

Jesuis... Nunca lidei com isso e não tinha a menor noção do que deveria fazer para melhorar a situação.

Ateia por parte de pai, não poderia recomendar que Nara orasse. Por falta de criatividade, reconhecimento, psicologia, e quem sabe por falta de Deus, falei:

– Afe, Nara, para de drama e vai estudar!

Qual o quê...

– Mãe, eu já estudei tudo! Mãe, eu não sei nada! Mãe, vai me dar branco! Mãe, são vinte questões! Mãe, não vai dar tempo! Mãe, isso! Mãe, aquilo!

Nara falava numa tal frequência que eu cheguei a temer pelos copos de requeijão aqui em casa.

– Vai ler *Crepúsculo*! – apelei.

– Mãe, não consigo ler nada! Mãe, fala alguma coisa! Mãe, me acalma! Mãe, blá-blá-blá... – E nesse frenesi ela teve um repente, se virou para mim e perguntou: – Mãe, você ficava nervosa antes de fazer prova?

Caramba. Só de pensar em prova me dá taquicardia. Até hoje fico desesperada. Choro. Vomito. Tenho dor de barriga. Ligo para minha mãe de cinco em cinco minutos. Tenho insônia e, se durmo, tenho pesadelo. Quando acordo, desejo a morte.

– E o que você faz para se acalmar? – perguntou-me curiosa minha filha, na esperança de encontrar em minhas sábias palavras a cura para a sua exasperação.

– Hã? Eu? Eu ligo pra Kátia.

Kátia trabalhou como empregada doméstica na casa de mamãe e acompanhou toda a minha transformação de menina em mulher. Ela me avisava quando mamãe chegava para eu sair do telefone e ir para o quarto correndo sentar-me à escrivaninha, que estava cheia de livros abertos. Convencia mamãe a me deixar sair com as amigas, mesmo sabendo que eu estava indo namorar escondido. Fritava um ovo e colocava no pão sempre que eu voltava faminta da natação. Ouvia tudo o que eu tinha para dizer para meus namoradinhos antes de terminar o relacionamento com eles. Opinava sempre. Ensinou-me tudo o que sei sobre política. Fazia café fresquinho quando eu estava com dor de cabeça. Ensinou-me a não desperdiçar comida. Contava-me piadas sujas e pesadas... E mais um tantão de coisas Kátia fez por mim nessa vida. Mas principalmente, em todas as provas que eu enfrentei nessa jornada, Kátia acendia uma vela para mim e me dizia: "Fique calma, minha filha, a Kátia acendeu uma vela pra você. Eu tenho certeza de que vai dar tudo certo". E nem havia mais necessidade de estudar depois disso. Era o calmante de que eu precisava, e sempre foi assim.

Os anos passaram, casei-me, e Kátia veio trabalhar na minha casa. Meu marido, porém, não suportou tamanha dedicação. Kátia se metia em tudo o que devia e não devia. Mandava na gente como se fosse um chefe brabo e surtava com a minha bagunça. Ela escondia tudo quanto é papel jogado pela casa entre meus livros e dizia que era para eu me disciplinar. Proibiu-nos de ter bicho de estimação. Se Nelson me tratasse com pouco carinho, mal ele dava às costas, ela vinha me convencer de que eu conseguiria algo melhor. Kátia não tirava férias porque dizia que amava botar ordem na minha casa e na minha vida. Eu não sabia mais o que fazer com ela... Acabou que arrumamos outra casa para a maluca trabalhar e, com uma boa desculpa e muito carinho, consegui me desvencilhar desse afeto desmedido e deixá-la até financeiramente bem melhor do que quando trabalhava para mim.

A amizade, no entanto, continua até hoje e, mesmo sem trabalhar mais para mim e apesar de termos perdido muito da convivência por conta disso, as velas da Kátia foram acesas, a meu pedido, em todos os concursos públicos que fiz e em todos os congressos e simpósios de que já participei. E não exagero quando digo que foi graças a ela que cheguei aonde cheguei. Nos momentos mais tensos em que fui avaliada, antes de começar a falar ou a escrever, a imagem da Kátia acendendo a vela para mim, inexplicavelmente, me dava a paz necessária que faltou para muitos dos meus concorrentes.

Ao ouvir toda essa história, enquanto questionava se eu não havia tido sucesso porque sempre me matei de estudar e entendendo, ao longo da minha explanação, que o conhecimento é necessário, mas nem sempre suficiente, Nara pegou o meu celular e começou a ligar convulsivamente para Kátia. Ao perceber que do outro lado da linha o telefone tocava e ninguém atendia, ela ficou mais nervosa. Eu, ainda desprovida de criatividade, psicologia e o diabo necessário para acalmar minha filha, mas percebendo que Nara não captara a história em sua plenitude, falei:

- Também não sei se ia adiantar no seu caso. A Kátia me ama e acho que isso é essencial para que a macumba funcione. – Abusei da sinceridade e a deixei pensando no quarto.

Hoje voltei do trabalho voando para dar tempo de levá-la para fazer a tal prova bem no meio da tarde. Ao vê-la entrar no carro em câmara lenta e com cara de paisagem sem poluição, perguntei se estava pronta e preparada. Nara me olhou e disse seguramente que sim. Contou-me que, no dia anterior, havia conversado pelo computador com os primos de Florianópolis um tempão sobre essa história toda e hoje de manhã, Ian, meu querido sobrinho e afilhado, ligou aqui para casa e disse que ela poderia ficar tranquila. A vela havia sido acesa. Foi o que bastou para Nara recuperar a segurança e a sobriedade.

Agora, enquanto minha filha está lá, supertranquilinha e confiante fazendo uma provinha de Matemática, cá estou eu refletindo sobre quão sem importância é essa garantia de acreditar que entendemos alguma coisa. O quanto "viver ultrapassa qualquer entendimento". E que poder incrível qualquer gesto de carinho tem em aquietar a nossa demência, não?

Lei de Murphy (0) x (5) Fé na Kátia

Estou participando do V Seminário de História e Filosofia da Ciência na UFABC, em Santo André, e ontem seria a minha apresentação, marcada exatamente para as 16h30. Se tudo o que eu havia planejado desse certo, já seria um dia megatenso para mim, que sou hiperapegada a uma rotina. Mas, a despeito de ter conseguido, eu, que ando questionando a base e a verdade das leis científicas, descobri que há uma lei nesse universo que é inquestionável e não deve jamais ser negligenciada: a Lei de Murphy. Temos de nos preocupar com ela e estar bem preparados para a sua atuação.

Confiei na informação de uma secretária sobre o meu voo para São Paulo. A moça falou tudo corretamente, só errou em um pequeno detalhe: o aeroporto. Na hora certinha, na verdade com uma folga, porque sou meio neurótica com horário e estava nervosa com a apresentação, cheguei. Exatamente às dez horas da manhã eu estava pronta no Galeão para o voo que seria às 11h20 no Santos Dumont. Não fosse o fato de o Rio estar ameaçado de perder os *royalties* do pré-sal, que correspondem a uma bagatela de 3 bilhões de reais por ano, e o carioca lutar seriamente por essa causa com a participação dos Acadêmicos do Grande Rio justo no dia da minha viagem, eu chegaria a tempo. Mas não. O Rio estava em festa e o trânsito com TPM nível máximo. Estressadíssimo. Perdi o voo e tive que pegar o próximo, que era às catorze horas.

No meio de minha "atenieidade", eu procurava um mantra para me acalmar. Algum budista me disse uma vez que, quando recitamos seguidamente *nam mi orró rem gue quiô*, Buda fica contente e não encontramos mais becos sem saída em nossas vidas. Eu só não me lembrava da sequência correta dessas sílabas, mas resolvi mesmo assim agradar ao enorme ser iluminado, já que não havia mais nada a perder. "Merengue ogó merenguiô merengue ogó merenguiô..." Foi o que consegui falar baixinho. Acho que Buda se enfureceu, porque o meu voo das catorze horas... atrasou. Resolvi deixar de lado o merengue que só me deu azar e fui buscar outra coisa para me acalmar. Tudo posso naquele que me fortalece!, pensei. Pão de queijo com cappuccino! *Yes!*

A atendente me entregou o pedido e eu, assim que peguei no copo, fiquei aborrecida porque ela tinha me vendido um cappuccino gelado. Ledo engano. O bicho não estava frio, e sim isolado por paredes de isopor. Dei um sugadão e queimei a faringe e o esôfago na entrada do líquido; na saída, que foi pelo nariz, devo ter queimado também a traqueia e todos os brônquios. O peito doía, a garganta ardia e as lágrimas rolavam contra a minha vontade, borrando a maquiagem.

Chegando em São Paulo, apertada para ir ao banheiro, olhei para o relógio: 15h37. Não dá tempo. Peguei o primeiro táxi que vi. Furei a fila e pedi a todos que estavam nela, contorcendo as minhas pernas, que me desculpassem porque eu estava com muita pressa.

O motorista era um senhorzinho que, assim que entrei no carro, disse que é preciso ter muita calma no trânsito paulistano para não enfartar. Além disso, ele falou que eu dei o mó azar: ele havia emprestado pela primeira vez o GPS para a filha e, portanto, não sabia andar por Santo André. "Merengue ogó merenguiô merengue ogó merenguiô merengue ogó merenguiô..." Espera aí: tudo posso naquele que me fortalece – o meu celular! Liguei meu super GPS e pé na tábua, seu moço! Trânsito, um ó do borogodó. Demorou tanto que a bateria entrou no *modus* economiquis e o GPS travou. O senhorzinho, com pena de mim, disse: "Olha, toma umas balinhas, vai chupando que a senhora vai se acalmar. Eu disse que não queria e ele jogou umas dez no meu colo. Eram 16h22 quando estávamos chegando perto da UFABC, que fica ao lado de um supermercado, onde o motorista entrou por engano. Tivemos que ficar em uma fila gigantesca de carros para sair dali. "Merengue ogó merenguiô merengue ogó merenguiô merengue ogó merenguiô."

E, graças à dilatação do tempo que ocorre quando estamos perto da velocidade da luz, exatamente às 16h33, adentrei, com mala, cuia, um palmo de língua queimada para fora e com as pernas ainda se contorcendo, o recinto da universidade, pleno de historiadores e filósofos sentadinhos à minha espera. "Merengue ogó merenguiô merengue ogó merenguiô..." Sublimei, então, tudo o que contei para vocês aqui. Tudo podendo naquela que me fortalece, lembrei da Kátia, que certamente acendeu uma vela para mim para que tudo desse certo na minha apresentação. Essa imagem, como comentada, na crônica anterior, tem um poder sedativo na minha mente e não há Murphy com suas malditas leis que me faça esquecê-la.

Quanta sorte a minha, não?

À sombra do tempo

Eu devia ter uns dez anos. Na época, tinha apenas dois irmãos e sofria todos os problemas e sofrimentos característicos de um filho do meio. Minha irmã, ao nascer antes de mim, fez com que minha mãe não se emocionasse muito com a minha chegada. Afinal, a maternidade já havia sido desvendada. Meu irmão mais novo, por ter chegado por último e por ser homem, recebia em dose dupla a atenção de meus pais. Do papai, por ser homem. Parecia até que papai era rei e meu irmão herdaria todo o seu reino. Da mamãe, pela proteção excessiva que todas as mães dão para o filho homem, motivo que os leva a ser menos independentes que as mulheres. Bem mais tarde, doze anos depois para ser mais precisa, nasceu Lili, a temporã. Por ter vindo tão tarde, Lili não fez parte de minha infância e, portanto, não faz parte desta história.

Senti-me desprestigiada em vários momentos de minha infância, nada que um psicólogo e até eu mesma não tirasse de letra. Como no dia em que ganhamos três porquinhos-da-índia – uma espécie de rato, peludo e sem rabo, uma graça. Mamãe comprou três. Para não ter briga. Minha irmã mais velha, a que nasceu primeiro, falou primeiro, andou primeiro e fez todas as gracinhas primeiro; também chegava primeiro da escola e foi a primeira a escolher um dos três roedores. Escolheu o mais bonito, um todo colorido, e o chamou de Arco-íris. O meu irmão, o menorzinho, todo fragilzinho até seus 27 anos, o terceiro filho, nesse dia foi o segundo a chegar da escola. Imediatamente escolheu o porquinho que era todo marronzinho, o mais gordinho, e o chamou de Fofinho. Quando eu cheguei da escola, vieram os dois correndo na minha direção, falando alto e ao mesmo tempo me puxando para onde estava a gaiola.

– Mamãecomprouporquinhos! OmeuéArco-íris! Vaiver! ÉoFofinho. Correveroseu!

Eu fiquei animada mesmo sem entender nada do que eles estavam falando. Dizem por aí que a alegria é contagiante, e quem sabe seja verdade.

Ao ver os porquinhos-da-índia, fiquei sem palavras. Meus olhos, cuja retina refletia a felicidade, não piscaram durante alguns segundos. Então ouvi a voz doce de minha mãe, que falou de trás de mim. Comprei um para cada um. A minha mudez súbita acabou no mesmo segundo. Afinal, na infância, em várias situações, ganha quem gritar primeiro.

– Aquelealiémeo! – gritei.

– Não, a Tatiana já escolheu.

– Aquelealiémeo! – Apontei o outro, já estranhando o fato de meu irmão não ter gritado ao mesmo tempo que eu.

– Não, o Toninho escolheu esse.

O que havia sobrado era um rato branco, sem rabo, com um capuz preto na cabeça. Nem de longe ganharia o concurso de beleza dos porquinhos-da-índia. Nem sabia que existia isso, mas Tata fez questão de frisar que o Arco-íris seria o primeiro colocado no concurso de beleza de ratinhos que aconteceria em "Massachútis". Como ela era a mais velha, mais adiantada na escola e coisa e tal, nem discuti.

Não sei por que, pressenti que o bicho que sobrou era fêmea. Segurei na mão e disse:

– Você é a mais feia, mas é a mais esperta. Esses dois vão se arrepender de não ter te escolhido.

E a chamei de Pituca.

A vontade de mostrar aos meus irmãos que quem ri por último ri melhor deu um trabalho danado para a Pituca e ocupou muitas tardes da minha vida. Tentei ensinar um punhado de coisas para ela. Coisas que se ensinam para um cachorro e que muitos deles nem conseguem aprender. Senta, Pituca. Deita, Pituca. Rola, Pituca. Rola, Pituca! Ela não aprendeu nada, obviamente. Mas era a mais mansinha e a primeira a cheirar a nossa mão quando nos aproximávamos da gaiola. Meus irmãos riam da minha persistência e pelo fato de a Pituca engordar sem parar. Falavam que ela era gorda, cara-preta, burra. Na verdade não queriam ofendê-la; eles a adoravam também, porém sentiam prazer em me irritar. Coisa de irmãos. Até que um dia, ao me aproximar da gaiola, vi a Pituca amamentando dois filhotinhos! Ela não estava gorda, ela estava grávida! Os filhotinhos eram horríveis, nojentos, mas eram dois!!! E em cinco dias ficaram bem bonitinhos. Aos dez anos, eu era avó de dois porquinhos lindos.

Pituca teve um casal de filhos. O macho, Piteco, logo cresceu e cruzou com a irmã, Peteca. Piteco cruzou com as tias. Sim, tias. Arco-íris e Fofinho eram fêmeas. Piteco também cruzou com Pituca. Não entendi bem essa história, mas sei que no final de três semanas meus irmãos eram avós e eu era avó de novo. Pituca amamentava todos os filhotes. Curiosamente, Arco-Íris e Fofinho não tinham a paciência dela e os filhotinhos delas acabavam mamando na Pituca. Em pouco tempo, a gaiola ficou pequena e papai fez um cercado no quintal, que logo logo

ficou igualmente pequeno. Ninguém gostava de limpar aquela sujeira toda e eu me lembro de não ficar incomodada ao fazer esse serviço. Dar comida, trocar o jornal que forrava o chão, botar água... Até gostava. Quando eu chegava com a ração, eles faziam um barulhinho e ficavam em pé cheirando o ar. Um barato de ver.

Num domingo pela manhã, fui ver os porquinhos e comecei a ficar nervosa porque, por mais que procurasse e chamasse por ela, Pituca não aparecia. Ela sempre era a primeira a aparecer e se aproximar. Entrei em desespero. Será que a Pituca tinha fugido? Por fim eu a encontrei na área de serviço, atrás da máquina de lavar. Estranho. Ninguém soube explicar. Mais esquisito ainda foi que, numa noite, aquela que passou fora do cercadinho, Pituca emagreceu muito. Ficou fina. Com feitio de peixe. Fiquei apavorada. Ofereci capim e ela nem fez festa como de costume. Desde então não comia mais nada, bebia só um pouco de água e, numa noite, quando fui limpar as casinhas, vi Pituca morta. Dura. Os outros passavam por ela, por cima dela, e parecia que nada sentiam.

Aquela cena me chocou. Gritei tanto, chorei tão alto que logo apareceram os vizinhos nervosos perguntando o que estava acontecendo. Meus pais tentavam me consolar, mas eu só sentia dor. E doía forte o meu peito. Muito forte. Eu queria saber por que, entre tantos porquinhos no mundo, justo ela havia morrido. A melhor mãe de todos os porquinhos, a mais carinhosa, a que levantava primeiro quando sentia o cheiro do capim. Minha mãe não respondia. Dizia somente que papai do céu a levara, porém isso não era resposta. Por que ele a escolhera? Eu tive ódio de papai do céu. Não entendi suas razões e passei a considerá-lo um monstro. Chamá-lo de papai do céu era ofender o meu pai. Meu pai jamais mataria Pituca. Aliás, ele a pegou com cuidado, embrulhou no jornal e a enterrou no pé de nossa mangueira. Perto da raiz. Bem na sombra.

Não quis saber de cuidar mais de rato nenhum. Minha mãe teve que dar todos os outros para uma loja de animais. Mesmo porque já estavam nascendo bem deficientes, fruto daquele crescimento descontrolado.

A mangueira ficou doente. Uma doença sem cura. Semana passada, meus pais, que ainda moram na mesma casa, tiveram que mandar cortá-la antes que ela caísse de tão fraca que estava. Ao ver luz onde sempre houve sombra, lembrei-me de toda essa história. O tempo passou depressa. Quase trinta anos. Eu e meus irmãos crescemos e agora temos todos a mesma idade. Certas diferenças o tempo apaga. Já a dor da perda, o sentimento de impotência diante da morte... Engraçado... Bastou eu enxergar tudo mais claro para que ele voltasse.

Genealogia

Ela já era adulta quando eu nasci, mas ainda assim foi a minha grande companheira de infância. Enchi, muitas vezes, meu pequeno regador amarelinho para dar de beber à minha amiga. Nunca brigou comigo nos momentos em que gravava meu nome, à ponta da faca – pega no piscar de olhos da mamãe –, em sua pele. Sabíamos que era doloroso, mas necessário, pois as grandes amizades são sempre seladas com algum ritual macabro. Foi bem embaixo de seus olhos que papai enterrou Pituca, meu porquinho-da-índia de muita estimação, e foi em seus ombros que eu chorei de soluçar. Aquela mangueira cresceu bem antes de mim e foi em sua sombra que passei os anos mais lentos e ingênuos de minha vida.

Havia uma piscina de plástico no nosso quintal. Eu mergulhava com os olhos virados para o céu e ficava observando – até quando os pulmões aguentassem – aquela cabeleira verde refratada, borrada e muito engraçada. De vez em quando mamãe mandava cortar aquela juba verdejante. Vinham uns homens com escadas, serras, cordas e luvas. Deixavam o quintal coberto de galhos, como ficava cheio de cabelo o chão do "cuafer" da Ivonete, ali na esquina. Minha amiga usava um corte parecido com o do Michael Jackson quando era criança.

Em um de seus fortes braços, onde papai pendurou duas cordas e fez um balanço, ela não se cansava de me ver oscilar para lá e para cá, e posso jurar ainda hoje que era ela quem algumas vezes me balançava. Acho até que posso jurar mais um pouco. Eu pulei muita corda quando criança porque, enquanto a Tata ou eu girávamos a corda numa extremidade, na outra era ela, a mangueira, quem segurava durante o tempo em que pulávamos no meio, cantando assim: "Um homem bateu em minha porta e eu aaa-bri. Senhoras e senhores, ponha a mão no chão (e a gente colocava a mão no chão muito rápido, mesmo enquanto a corda estava passando lá no alto). Senhoras e senhores, pule num pé só" (daí a gente pulava só com o direito, só com o direito!!! (agora percebo a falta de sentido e de concordância na música)). "Senhoras e senhores, dê uma rodadinha (bem, vocês já entenderam) e vá pro olho da ruuua-aa-aa!" E quem fosse para o olho da rua direitinho podia fazer tudo de novo. Quando era a Tata que colocava a mão no chão, a corda às vezes girava mais rápido. E eu jurava que não era eu.

Com um coração que não cabia no tronco, ela se preocupava em segurar os ninhos bem direitinho, como as crianças seguram os pintinhos. E, como aqueles que usam o indicador como um galho em que pousa um passarinho ou uma joaninha, ela vinha me mostrar os morcegos que dormiam de cabeça para baixo segurando com firmeza em uma de suas ramificações. Sabe aquelas avós de antigamente, que faziam biscoitos para nós, seus netos? Então, a minha amiga, espelhando-se nelas, preparava com carinho as mais deliciosas mangas-espada que jamais comi em minha vida.

A mangueira ficou doente quando eu já estava formada e casada. Meus pais tiveram que mandar cortá-la antes que ela caísse de tão fraca que estava. Hoje vim visitá-los e colocar o Yuki para brincar na piscina (agora de fibra) e, ao ver o quintal iluminado por esse sol que castiga o Rio de Janeiro e a nossa pele no verão, lamentei profundamente, como os que perderam um ente querido. Yuki teve que esperar até que o astro rei baixasse um pouco a bola.

Dei por mim que nunca mais as cigarras cantaram na casa de mamãe. Os pardais, as rolinhas, as maritacas, os bem-te-vis e até os morcegos, que sobrevoaram o quintal por uns tempos depois que a árvore – não mais tão bela – foi cortada, parecem ter perdido a esperança. Não vi mais ninguém adejando por aqui.

Certifico-me nesse ar severo, quase triste, de que todos nós morremos um pouco na sua ausência, minha saudosa amiga.

O fim do grande mistério de Ricardo Cardoso

Eu estava numa festa no meio de amigos e por tempo suficiente para que a maioria deles já estivesse sob o efeito ainda agradável do álcool. E eu não bebo. Não porque não queira, não porque ache feio e muito menos por causa de religião. Não bebo porque não posso. Infelizmente não posso. Minha prima Elise me explicou um dia que é porque tenho deficiência de aldolase, que é a enzima do fígado que age na segunda etapa da metabolização do álcool. Metade da população japonesa é assim. Sem aldolase. Daí que o subproduto da primeira etapa da metabolização é tóxico e causa taquicardia e vasodilatação. Fico vermelha como um tomate e se alguém colocar a mão na minha cabeça consegue medir meu pulso. É melhor ficar só na Coca-Cola mesmo.

Há tempos percebo que, quando bebem, meus amigos acabam filosofando. Uns com mais, outros com menos, mas sempre com certa profundidade. Depois de um tempo é fácil encontrar alguém falando, olhando para o zero, para si ou para a alma de algum outro.

Nessa festa não foi diferente.

Eu estava indo abastecer meu copo de refrigerante quando Ricardinho do Isopor, assim conhecido entre os amigos por acreditar que o encontro de sua mão com o fundo de uma caixa de isopor produz algum som agradável em nossas rodas de samba, se colocou na minha frente com um sorriso no qual se viam, além de todos os dentes da frente, os sisos. Um troço de doido. Animadíssimo, é claro, perguntou-me:

– Elika, qual é o grande mistério da vida?

Boa. Eu havia falado sobre isso naquela semana com a Nara. Disse-lhe que entendia a teoria da relatividade, mas não havia encontrado ainda uma explicação para o fato de algo tão duro como um milho se transformar em algo tão macio como a pipoca. Ao jogar os grãos na panela, sinto-me fascinada. Isso não é natural. É sobrenatural, Nara!!! Mas acho que não é essa a resposta que Ricardinho quer ouvir...

Pensei na minha tese em vias de elaboração. A inércia! De onde vem essa propriedade dos corpos? Será que vem das estrelas? Enquanto pensava na pergunta, contraía os músculos da testa e apertava os olhos tentando me lembrar do último artigo que lera sobre isso, mas, ao voltar o foco para o rosto do Ricardinho do Isopor, com seus olhos esbugalhados e todos os seus dentes ainda à mostra, percebi que ele não ia querer ouvir sobre a inércia...

Lembrei-me, então, da Santíssima Trindade, do ilusionista que empurra moedas pelo vidro, do Hideo e da Lua, que fica grandona às vezes. Não necessariamente nessa ordem. Diante da minha demora, Ricardo me fez outra pergunta na ansiedade de compartilhar o que lhe tirava o sono (ou não, como veremos).

Na sequência, um diálogo sem precedentes na minha vida:

– Você já deixou de pagar alguma conta por esquecimento, Elika? – perguntou Ricardo para a minha alma.

– Já – confessei.

– Como você se sentiu, Elika? – O olhar de Ricardo atingia o meu cerebelo.

– Mal – respondi abaixando a cabeça.

– Você já deixou de dar um recado importante, Elika? – questionou Ricardo, sem nada saber do fato de eu quase ter acabado com um casamento.

– Já. Já – respondi, escondendo meu colar com o queixo.

– Como você se sentiu, Elika? – Os sisos do Ricardo não estavam mais visíveis.

– Mal – disse depois de um longo suspiro.

– E se lembrasse dessas coisas um pouco antes de dormir? Você admite que isso poderia tirar o seu sono, Elika? – Eu já não via o Ricardo na minha frente. Ele havia se transformado no Voldemort!

– Sim! Sim! Claro que sim!

– Mesmo sabendo que não seria um caso de vida ou morte... você *ainda assim* ficaria mal, Elika? – Uuurrúúr-rááááááááá. Vi os molares de novo.

– Mal. Mal! – AveMariacheiadegraçaosenhorécon-voscobendit...

– O que é uma conta ou um recado diante da certeza de que nós morreremos? – filosofou.

– ...

– Como você consegue dormir sabendo que um dia tudo isso vai acabar??? Eis o grande mistério da vida.

– Ãããhnn?

Ricardinho, mantendo o sorriso depois da última pergunta, de repente levantou os braços como se tivesse acabado de ver um gol do Flamengo e continuou:

– Nós somos emoção! Tudo é emoção! A vida é emoção!

Quando a porta do banheiro se abriu, ele entrou.

Glub.

Fim de festa. Voltamos para casa. Colocamos um filme para ver e Nelson dormiu antes que o título aparecesse na tela. Vi o filme todo. Depois peguei meu livro. Li um tanto. Já era tarde. Levantei-me para ver se as crianças estavam cobertas. Voltei a deitar. Como você consegue dormir sabendo que um dia tudo isso vai acabar? Como você consegue dormir sabendo que um dia tudo isso vai acabar? Como você consegue dormir sabendo que um dia tudo isso vai acabar? Como você consegue dormir sabendo que um dia tudo isso vai acabar?

Foi o fim do grande mistério da vida de Ricardo Cardoso.

O tempo que gostamos de perder não é tempo perdido[3]

Passei bons momentos de minha adolescência na casa de uma amiga em Bento Ribeiro. Lúcia morava numa residência de um só andar com sala, três quartos, um banheiro enorme, uma cozinha onde cabia mesa de seis lugares e ainda sobrava espaço para andarmos de patins. Havia também uma enorme varanda onde passávamos horas nos balançando numa rede e ignorando por completo a utilidade dos relógios. No quintal, onde havia bananeiras, mangueiras, jabuticabeiras e outras árvores sem sufixo, além de muito mato, funcionava uma oficina destinada à fabricação de pranchas de surfe. Essa era a ocupação do irmão da Lu, que, embora muito mais velho do que ela, se recusava a amadurecer como os frutos das árvores do seu quintal.

Os anos, como muitos sabem e poucos compreendem, passam. A separação entre os amigos de infância e adolescência, como acontece com os membros de uma família, às vezes, é inevitável. Lu casou-se com Márcio, que é piloto da Aeronáutica, tem dois filhos e cada ano mora num estado do Brasil. Eu, por outro lado, também me casei, fui multiplicada por três e ando bastante ocupada comigo mesma. A prática da amizade tornou-se compli-

3 Frase de Bertrand Russell.

cada assim como a minha frequência na academia, com o diferencial de que esta faz bem para o corpo e aquela, para a mente. Ou ao contrário. Não importa. Ambas, porém, tanto a amizade como a academia, existem independentemente da quantidade de suor derramado.

A casa da Lu fica no caminho que faço para levar a Nara até a escola. E, da mesma forma que nos emocionamos ao sentir um cheiro que nos traz à memória um momento bem vivido ou um período mal desperdiçado, não raro eu passava por ali com a velocidade do carro diminuída para que o passado tivesse tempo de tornar-se presente e rir com as histórias que ainda ecoavam nas paredes da casa de seu Cassiano e dona Teresinha.

A placa de "Vende-se" me pegou de surpresa. A possível imagem da casa reformada trouxe-me a mesma sensação de quando ouço uma música antiga remixada. Eu fico me perguntando por que fazem esse tipo de coisa. Quando vi aquela folha de metal pendurada no portão, pensei em ligar para seu Cassiano e falar para ele o que gostaria de falar para quem mudou a cadência de uma bela canção. Deixe as minhas lembranças em paz. Não mexa na harmonia entre o que passou e o que insiste em não passar. Por favor.

E como a vida, como muitos já se deram conta, não é fácil, uma vez que a maioria das orações não surte efeito, o que já era opressivo e importuno se tornou insuportável. Ao passar em frente à casa que tanto me abraçou um dia, deparei com a imagem de um trator que agia e avançava e destruía e derrubava e reduzia literalmente tudo tudo tudo a pó.

A melodia não foi alterada como eu imaturamente temia.

A melodia foi aniquilada.

Dias depois, já víamos no terreno vazio – sem as árvores, sem a oficina e sem a casa – o preparo para que outras recordações fossem plantadas, polidas e edificadas. Várias casas geminadas estavam sendo construídas, formando mais uma vila no subúrbio carioca.

Reencontrei Lu numa festa e, embora não tenhamos conversado tanto tempo quanto gostaríamos, percebi que aquele estado melancólico causado pelo desejo de me esticar num tecido de malha suspenso pela força das paredes da casa de Bento Ribeiro não estava diretamente ligado à existência de nada material. Estranho. No entanto, a música, diferentemente do que eu esperava, foi tocada tal como ouvíamos "nos tempos idos de outrora". Ficou de repente muito claro que a alegria de um momento trazida pelas mãos da nostalgia não precisa significar somente a saudade de um passado vivido com liberdade. Descomedir-se não é mais possível, mas a dualidade não necessariamente nos dilacera.

Os porões de vovó

A minha avó reclamava que noutros tempos, quando as moradias tinham jardins e não jardineiras, um quintal e não uma área interna, havia um porão nas casas, túmulo dos objetos que não mais nos serviam. Os museus particulares de cada família. Hoje – dizia minha avó queixosa, trinta anos atrás –, no máximo temos um baú e toda a nossa história tem que caber nele! O espaço e o tempo dedicados às recordações têm diminuído com o incansável rotacionar do nosso planeta, constatava vovó, receosa com o meu futuro.

Vai que o medo de dona Anna tenha sentido... Pensando bem, há poucos anos, por exemplo, quando não havia celulares, tínhamos sempre uma agenda telefônica onde guardávamos os números de telefone das casas de nossos amigos, parentes, médicos e de quem mais entrasse em nossa vida. Essa agenda ia se enchendo de nomes e números até que acabava, assim como nós. No caso da agenda, o problema se resolvia de um jeito fácil: era só comprar uma nova.

Aqueles menos apegados à organização, enquanto não comprassem uma agenda mais moderninha, usavam o espaço das últimas letras para os Joões em excesso na vida. Havia, então, o momento não raro e quase que ritualístico de "passar a agenda a limpo". Enganam-se, porém, aqueles que acreditam que essa era uma tarefa simples, que exigia pouco raciocínio e causava pouca emoção como o apertar de um "*control* C" seguido de um "*control* V".

Não, meu querido e jovem leitor que só troca o chip do celular. Às vezes parávamos com a caneta na mão e olhávamos para o céu, ainda que dentro do nosso quarto. Será que devo passar o Beto para a nova agenda? Puxa, o doutor Clodoaldo morreu, eu gostava tanto da secretária dele... Caramba... O Eric...! Como será que ele está? Ele tinha a voz tão bonita... Era tão comum acontecer essas paradas que havia até quem ligasse para um amor não correspondido usando a desculpa de que estava passando a agenda a limpo e... bem, se lembrou dele por acaso e resolveu dar uma ligadinha.

O engraçado é que, voltando o olhar novamente para as duas agendas, a velha e a nova, decidíamos, mesmo diante da certeza de que jamais ligaríamos de novo para o Anderson ou para a Aninha, que ainda assim eles iriam para a nova agenda. Simplesmente pelo fato de que, ao olhar para aqueles nomes, éramos remetidos a algum passado com açúcar. Um pretérito perfeito, cuja lembrança valia a pena sentir pelo futuro afora. E, acreditem, fazíamos isso sem ao menos sentir uma mágoa ou sofrer pelo fato de essa doce recordação não ter tido o potencial de se tornar presente (ainda que no fundo, bem lá no fundo, somente por sermos perversos, perguntássemos "E se...?").

E era assim que, apenas por ter nos dado um bom e duradouro instante de ternura, de desejo, de saudade... que determinado nome possuía uma força própria que nos dava uma pequena e absurda pena de deixá-lo simplesmente ali, na velha agenda. Os tempos são outros, mas os sentimentos permanecem os mesmos. Há hoje os celulares com *chips* e as redes sociais. Resgatamos no meio dessa desarrumação feroz da vida os amigos da infância e da adolescência. Não negamos os "pedidos de amizade" daquela amiga que nos ensinou a dar um laço no tênis na escada da cantina. Agora, no entanto, essa imagem dentro de nós coabita com as fotos dela na Disney, em Londres e na Lapa, com o cabelo de uma cor diferente, e com seus dois filhos calçados com sapatos de velcro. E, diante da necessidade imperiosa de distração que me obriga sempre a dar uma olhada na famosa rede social, certifico, com o mesmo temor de vovó, a força do impacto da suavidade de suas fotos, meu velho amigo, contra a minha memória. Tenho a impressão que, caso não tenhamos certo cuidado, "reencontrar" pode se tornar sinônimo de "perder" e, ainda que ganhemos muito nesse reencontro virtual, o proveito pode não compensar. O problema é que entre acompanhar o seu presente e fazer parte dele há uma pequena diferença. E que, entre "ver e ser visto" e "lembrar e ser lembrado", essa desconformidade se agiganta e, dependendo do tamanho, pode ser fatal.

Eu agora, cheia de cronologia, me pergunto se o futuro que vovó temia era esse. Falo isso porque, no passar a limpo das agendas, imaginava eu, de vez em quando, que em algum lugar do mundo havia alguém que, naquele determinado momento, estava também pensando com a caneta em riste se o meu nome merecia ou não ser transposto para a nova agenda. Se havia por Deus ao menos uma hesitação… ou quem sabe uma curiosidade: a Elika… por onde andará essa menina? Essa flor de maracujá? Eu não pensava somente nos amores avassaladores da minha adolescência, mas também nas amizades que foram verdadeiras e que jurávamos que seriam para sempre. Imaginava meu nome sendo escrito e…

Ufa! Que alívio... O que devo fazer hoje para que meu nome mereça esses segundos de reflexão de todos que me rodeiam? Eu, cheia somente de adolescência, pensava e pensava... Sim, fazia sentido a minha preocupação, porque hoje, ao abrir uma gaveta onde guardo papéis e cartas escritos pelos amigos, percebi como alguns ainda vivem intensamente dentro de mim. E, assim como morríamos um pouco quando alguém, no tempo e na distância, perdia o ímpeto do pensar em nós e jogava o nosso nome no lixo com a velha agenda (Deus me livre...), será que não estamos nos matando por tanta exposição sem reflexão? Sobrepondo tanta atualidade à saudade? Quanta bobagem vovó até hoje me faz pensar.

Pé no freio

Hoje, indo para o CEFET, bati o carro. O cara da frente estava sem luz de freio e eu, sem luz interior. Tudo bem, tirando o susto, o atraso, o prejuízo, a dor de cabeça, o fato de eu estar numa maré de azar, dura igual ao carro da frente, sensível como uma gestante, e de ter que ficar até a semana que vem sem o takimóvel, nosso veículo oficial... Bem, tirando esses detalhes, tudo na mais perfeita ordem.

Deixei o carro na oficina lá perto mesmo, em São Cristóvão. Voltando para casa de transporte público, li bastante coisa, vi um idoso corcunda ajudando uma senhora obesa com um nenê de colo a subir no ônibus, tive fé na humanidade, dei tchau para o nenê do banco ao lado, conversei com a trocadora sobre cor de esmaltes e os benefícios do pilates e ouvi dela um salmo que não me ajudou em nada, mas foi maneiro.

Não vou dizer que estou megafeliz sem o carro, e ainda por cima sem as minhas lentes de contato, mas, a despeito da falta que sinto deles, tive a impressão de estar vendo mais coisas do que o normal e uma sensação boa de ter pisado no freio. Agora, no tempo certo.

Pilares

Sempre me esquivei de lugares onde as perguntas não têm respostas claras, e busquei freneticamente um chão firme para poder pular corda sem medo de que a Terra se deslocasse pela frequência e pela força do impacto dos meus pés. Mas toda busca até agora tem sido em vão, e isso tem me deixado um pouco cansada. Em cada canto em que amarrei o meu bode, o chão tremeu e o bicho escapou sem grandes dificuldades.

Estressei-me com a religião por não responder de forma clara a nenhuma pergunta que eu fizesse. Desiludi-me com a certeza da Matemática após ter sido apresentada ao teorema da incompletude de Gödel, que disse e provou ser impossível definir um sistema de axiomas completo que seja ao mesmo tempo consistente. Por tabela, comecei a olhar de lado para a minha Física, uma vez que esta se assenta fortemente na Matemática. Agora o meu mamífero herbívoro ruminante cavicórneo está amarrado num curso de pós-graduação em Filosofia cujos solos sofrem terremotos constantes. Quando eu vou acertar, afinal? Se houvesse por essas bandas uma montanha – dessas em que a gente sobe e fica lá no topo meditando sobre a vida, refletindo sobre nossas escolhas, buscando respostas para tantas indagações, descobrindo o porquê de termos percorrido esse e não aquele caminho –, eu juro que pagaria alguém para ir até lá em meu lugar e voltar com a resposta para essa pergunta somente.

Mas agora que falei em chão, lembrei-me de algo que ocorreu quando morava em Pilares. Para ter sido lá, eu devia ter menos de quatro anos, não sabia ler e nunca havia sequer pisado numa escola. Na verdade meus pais tentaram algumas vezes, mas ao chegar à porta agarrava-me ao pescoço de mamãe e não havia diretora com sorriso falso que me tirasse daquele colo. Então não menti. Eu nunca havia "pisado" mesmo numa escola. Quando Tata, minha irmã mais velha, saía de mala, mochila e cuia para o Jardim-Escola Pequeno Céu, eu ficava brincando com alguns vizinhos, sentindo-me segura e feliz por ter mamãe sempre à distância de um berro.

Havia chovido de manhã e o nosso quintal, que era uma área comum a seis apartamentos, estava ainda um pouco molhado, com algumas poças de água, pois, ao contrário do que parecia (e muitos juraram a mãe mortinha debaixo do trem), o chão não era reto retinho retão. No início da tarde, o céu, para a nossa felicidade e graças à simpatia de Carmem, que desenhou seis sóis no chão e jogou um pouco de xixi em todos eles, se abriu. Após o cochilinho depois do almoço, as crianças começavam a aparecer devagar e, nesse dia, eu fui a primeira a acordar e sair para brincar depois de beber o achocolatado.

Ao fitar uma poça rasinha, levei um susto. O céu estava no chão. Lá no fundo bem fundo mesmo do chão! Como aquilo podia estar acontecendo? Se o céu tinha ido parar no chão, o que tinha ficado no lugar dele? Olhei imediatamente lá para o alto. Não era possível... O céu ainda estava no céu! Olhando para cima e para baixo rapidamente, como alguém brincando com o jogo dos sete erros, constatei, certamente com a mesma surpresa

daquele que decompôs pela primeira vez a luz branca, a existência de dois mundos. Um de frente para o outro. Mas havia algo estranho ali... Quando uma nuvenzinha se mexia lá em cima... uma outra aqui embaixo imitava o movimento... A imagem era igualzinha! Como podiam dois mundos ser exatamente iguais? Por que só do meu quintal a gente conseguia ver isso? Quem era a menina do outro lado? Um misto de curiosidade e medo se apossava daquela criança cheia de quatro anos, mas o primeiro sentimento foi mais forte.

Bem devagarzinho e plena de coragem, enfiei o meu dedo na poça. Nem minha unha que era toda roída até o sabugo entrou por inteiro. Como podia? Rapidamente, levantei-me assustada, com medo de ser sugada por aquele mistério. Vou chamar mamãe para ver isso... Ao encher meus pulmões de ar para gritar "manhê!", emudeci. Eram vários os buracos rasos e sem fundo no meu quintal! Nóssinhora me proteja... E se eu correr e pisar em um sem querer? Eu queria gritar, mas estava sem voz, como ficam algumas pessoas quando veem mais do que os próprios olhos enxergam.

Em pé, sozinha no meio do meu quintal, cercada por tudo o que tem uma causa oculta nessa vida e morrendo de medo de cair em um daqueles buracos e mamãe nunca mais me ver, notei Carmelita e Roselita aparecendo naquele pequeno pátio. Vinham as duas correndo com um pedaço de pão recheado de goiabada, pisando nas entradas daqueles túneis que vão para o além, esparramando água para todos os lados sem a menor noção do risco de cada passada e de tudo o que estava sendo destruído com aquela tremenda falta de cautela. Fiz, em vão, um sinal para que elas parassem ou pelo menos tomassem mais cuidado. Em poucos segundos já estava sentindo o cheiro enjoativo de goiaba.

– Olha só o que eu descobri! – Falei eufórica apontando para o reflexo do céu na poça d'água.

As duas continuaram mastigando sem emoção enquanto olhavam para o chão molhado.

– O chão também tem céu! Na verdade, tem dois mundos num só! Tem uma criança ali dentro! Olha!

Porém, enquanto eu falava, o sol se escondeu por trás de uma nuvem muito grande, de forma que um mundo inteiro havia sumido bem embaixo do meu nariz, restando somente esse que todos já conheciam. Eu, sem saber ainda das leis que governam o fenômeno da reflexão, interpretei aquilo tudo que aconteceu como um milagre, tal qual a aparição de Nossa Senhora para três crianças apenas, Jacinta, Lúcia e Francisco, em Portugal, como mamãe não se cansava de nos contar e que eu jamais esquecerei.

O céu seguiu nublado e sem chuva pelo resto da tarde. As poças secaram rapidamente e a minha perplexidade se evaporou junto com a água. Nós andamos de velocípede, brincamos de pique, de amarelinha e acho que até pulamos corda. Mas à noite algo se condensou. Eu não estava conseguindo dormir e chamei papai.

– Pai, será que aquela criança que me olhou do outro mundo está pensando em mim também? Amanhã você me ajuda a encontrar de novo essa janela no chão? – indaguei.

Claro que tive que explicar tudo para o papai. Ele estava rindo e achando que aquilo era coisa de criança. Papai, por sua vez, teve que explicar muita coisa também para mim, já que eu estava angustiada e achando que ele não estava acreditando em nada do que eu estava contando.

Depois, lembro-me de papai falando *oyasumi*[4] e me deixando ainda no escuro.

Então tudo aquilo que pensei foi fruto da minha imaginação? Nunca mais vou poder ver aquela criança que me olhou assustada do outro mundo? Não houve milagre? Todo aquele medo foi em vão? Aquele vislumbre todo foi porque eu sabia tão pouco?

Dormi chateada pensando nessas coisas. Incomodada por tudo ter se tornado tão pequeno. No dia seguinte, enchi com água meu balde de brinquedo, virei-o naquela ligeira concavidade do chão e chamei papai. Quem me garante que sou eu a menina verdadeira e ela o meu reflexo? Certamente não devem ter sido essas as minhas palavras, mas era isso o que eu queria saber.

Papai olhou para o homem no chão, que estava acompanhado de uma menina segurando um balde vazio. Não sei o que ele pensou, não sei se ele queria livrar-se de um problema ou prender-me o máximo naquele desenlace. "Ninguém." Foi o que ele me respondeu. Ao ouvi-lo imediatamente espalhei a água para nossa segurança e fiquei feliz por viver de novo num lugar tão interessante.

Não sei por que me lembrei agora de toda essa história, mas algo estranho aconteceu depois de contá-la. Quem sabe a tal da montanha seja plana como uma página em branco de um editor de textos?

Cá estou eu, descansada, caminhando saltitante com o meu baldinho cheio de água, indo afrouxar o nó que dei ao amarrar o meu pequeno mamífero ruminante.

---

4 Boa noite em japonês.

Consulta ao analista

Já fui neta e namorada. Hoje, quando posso, sou sobrinha e tia. Filha sou todo dia, mãe até quando estou dormindo e esposa desde que me casei. Cunhada, raramente, e prima, só quando viajo. Irmã eu gostaria de ser por mais tempo e nora por bem menos. Madrinha sou de dois e afilhada, de ninguém. Sogra vai ser um problema e não quero ser viúva. Pensando bem, não quero ser sogra também.

Temente a Deus, fui somente na infância; ao Diabo, nunca. Professora sou apenas pelas manhãs e à tarde sinto falta. Escritora serei um dia, doutora daqui a quatro anos e Flamengo até morrer. Até parece. Dançarina nunca quis ser e caixa de supermercado só quando era criança. Boa aluna quando era bem menor e rebelde fui sem causa. Médica nunca serei e gorda quando perder o controle. Míope eu sou desde os doze e mocinha também. Por fora, um pouco japonesa; por dentro, completamente negra. Sou cega de vez em quando e quando velha serei surda. Sou esperta. Mentira. Ingênua. Em tempo algum. Mentira. Não sei.

Confundo-me com o que falam a meu respeito.

Todos os cômodos da minha casa têm relógios, inclusive os banheiros. Ser eu mesma tem me consumido muito tempo. Sempre quis fumar, beber eu não consigo, mas às vezes me inebrio. Não consigo dormir, comer nem ir ao centro da cidade sem companhia. Minha força não está na solidão. Preciso sempre ser orientada e jamais busquei a independência.

POLEGAR DIREITO

Quando durmo, sonho muito. Acordada, muito mais. A dor do parto não me incomodou e queria senti-la novamente. Tenho muitas dores de cabeça, e essas sim me importunam. Quero chorar vendo uma ópera, mas, enquanto não consigo assistir a uma, rio de toda aquela presepada. Quando tomo banho, me distraio com o vapor que ofusca o teto e, se estou limpa, leio. Nunca vi *A escolha de Sofia* e não vejo televisão. Escrevo sempre com a mesma lapiseira, mas o tempo todo mudo de caligrafia. Não sei usar vírgulas e muito menos pincel. Sou incapaz de guardar nomes de diretores de cinema e de emprestar meus livros. Não entendo as diversidades da homossexualidade.

Não sou como me veem e muito menos o que digo.

Capta essa outra coisa que não falo porque eu a tenho ignorado. Eu não me entendo e preciso agir como se me entendesse. Fingir. Do mesmo modo que muitos fazem.

Sou, agora, aquilo que escrevo.

Sobre a autora

Elika Takimoto é graduada em Física pela Universidade Federal do Rio de Janeiro (UFRJ) e mestre em Epistemologia e História das Ciências e das Técnicas, pela mesma instituição, e doutora em Filosofia pela Universidade do Estado do Rio de Janeiro (UERJ). Trabalha como professora de Física no Centro Federal de Educação Tecnológica (CEFET-RJ), é mãe de três filhos e escritora sempre que possível. Possui um blog de crônicas, contos e poesias de sua autoria cujo nome é *Minha Vida é um Blog Aberto* (www.elikatakimoto.com). Enfim, como disse o poeta Paulo Andel, ela é uma "prova viva, cabal e baixinha de que números e letras não precisam viver em conflito cisjordânico permanente: todos podemos ler, todos podemos escrever, todos podemos calcular".

Sobre o ilustrador

Daniel Araújo nasceu em São Paulo, onde também se formou em Arquitetura. Trabalha com ilustração há mais de dez anos e teve seus desenhos publicados em livros didáticos e de literatura infantojuvenil, além de revistas, peças publicitárias e aplicativos.

A técnica que usa com mais frequência é a aquarela, a qual estuda há mais de cinco anos. Mas às vezes nanquim, guache e processos digitais também entram na mistura.

Paralelamente ao seu trabalho de ilustrador, ele também se dedica à animação em um estúdio com mais dois amigos. Para conhecer mais sobre seu trabalho, acesse: www.danielaraujo.net.